장편소설

다리

The Bridge

마중물 지음

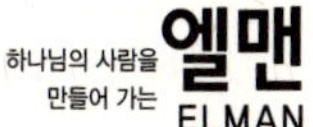

다리

1쇄　　2025년 1월 25일

지은이　마중물
펴낸이　이규종
펴낸곳　엘맨출판사
등록번호　제13-1562호(1985.10.29.)
등록된곳　서울시 마포구 토정로 222
한국출판콘텐츠센터 422-3
전화　(02) 323-4060, 6401-7004
팩스　(02) 323-6416
이메일　elman1985@hanmail.net

ISBN　978-89-5515-824-3　03810

값 18,000 원

The Bridge

고립된 그녀의 삶에 다리가 놓이다

목차

추천사

이경준 (한국가정교회사역원 원장, 다운교회 원로목사)

저자를 신혼부부 때부터 알아왔습니다. 특별한 달란트를 가지고 한국에서도 청년들을 잘 섬겼습니다. 이들이 무슬림 청년들에게 마음을 빼앗겼을 때 부부를 축복하며 파송했습니다.

이 작품은 선교 현장의 눈물과 영광을 문학적 형식 속에 녹여낸 귀한 선교 보고서입니다. 사실 이슬람권은 외면하고 싶은 선교지입니다. 좀처럼 선교적 열매를 얻기 어렵고, 회심자가 있어도 고난으로 이어지는 곳입니다. 반면에 드러나는 교회로 모일 수 없기에, 가정교회가 가장 필요한 곳입니다.

가정교회사역에서는 전도대상자를 VIP라고 부릅니다. 가정교회의 활동에서 가장 포커스를 맞춰야 할 중요한 사람이기 때문입니다. 무슬림은 이런 의미에서 VIP 선교 대상자인 것 같습니다. 이 책은 VIP 종족인 무슬림에 대해 알아가고 기도할 수 있는 계기가 될 것입니다. 많은 독자들이 소설 〈다리〉를 통해 신앙적 감동과 선교적 상상력, 이슬람권에 대한 하나님의 부르심을 얻기 바랍니다.

유진소 (호산나 교회 담임목사)

이슬람의 세계는 우리에게는 많은 편견이 있는 영역입니다. 그래서 하나님의 부르심으로 무슬림 사이에서 그들을 사랑하면서 사역을 하는 사역자들에게는 쉽게 풀 수 없는 안타까움이 있습니다. 이런 안타까움을 푸는, 어떻게 보면 가히 '하나님의 한 수'라고 할 수 있는 것이 바로 이 소설입니다. 소설이라는 가상의 세계를 가지고 가장 실제적인 이야기를 실감나게 전달을 해주기 때문입니다.

읽는 것만으로도 중보기도가 되는 너무 귀한 이 이야기를 사명감을 가지고 추천을 합니다.

함부영 (찬양사역자)

찬양을 통해 무슬림을 위해 기도하는 '마중물 프로젝트'에 저자와 함께 하고 있습니다. 하나님은 언젠가부터 세계 각지의 예배자들과 함께 할 수 있는 기회를 주셨고, 저를 이슬람권으로도 이끄셨습니다. 저자와 제가 함께 만났던, 2년 전 한 무슬림 회심자 자매가 생각나 가슴이 먹먹해졌습니다. 저자는 그녀를 아네스라는 가명으로 소개해 주었습니다.

다리… 이 아름답고도 아픈 이야기를 읽으며, 저는 여러 번 책을 내려놓고 눈을 감아야 했습니다. 아네스, 그 삶의 다리를 건너오게 하신 하나님의 마음이 깊이 느껴졌습니다. 저는 찬양사역자로 살아오며 수많은 간증과 신앙 이야기를 들었습니다. 그런데, 무슬림 자매의 이야기는 특별함이 있습니다. 아네스의 눈물은 어느새 나의 눈물이, 그녀의 질문은 나의 질문이 되었고, 그녀가 만난 복음은 내 안에 심겨진 복음을 다시 한 번 흔들고 깨웠습니다.

죽음의 위협과 핍박에도 내 믿음을 지킬 수 있는가? 안전지대에서 신앙생활을 해 왔던 스스로에게 질문합니다. 저와 독자들도 아네스와 함께 'Yes'라고 답하기를 소망하며 이 책을 추천합니다.

이권희 (CCM 작곡가, 프로듀서)

"한 곡의 노래는 한 사람의 이야기에서 시작된다." 〈사명〉, 〈천 번을 불러도〉 등의 찬양을 만들며, 저는 이 진리를 마음 깊이 새기고 있었습니다. 〈다리〉도 그런 작품인 것 같습니다. 아네스의 이야기를 읽으며 그 안에 세상을 향한 노래가 흐르고 있는 것을 느꼈습니다.

하나님의 잃어버린 영혼을 향한 눈물의 선율이 흐르고 있습니다.

저와 오랜 기간 음악 작업을 함께 했던 저자는 이슬람권에서 삶의 전부를 헌신하며 살아가고 있는 선교사입니다. 색다른 문화와 풍경을 TV에서 보는 것이 아닌, 삶의 전부를 그 땅에 쏟아부어 살아가고 있는 이름 없는 선교사입니다.

그래서, 이 소설에는 선교지의 땀과 눈물이 담겨 있는 것 같습니다. 고난을 이기고 나아가는 믿음이 있습니다. 잃어버린 한 마리 양에 대한 하나님의 마음이 있습니다. 이 마음이 오롯이 독자들에게 전달되기를 바랍니다.

이보람 (케어코너스 대표 목사, 영화감독)

좋은 이야기는 두 가지 조건을 갖습니다.

첫째, 진짜 현실이 담겨 있어야 하고,

둘째, 그 현실을 넘어서는 소망이 숨 쉬고 있어야 합니다.

《다리》는 이 두 가지를 완벽하게 갖춘 작품입니다. 책장을 넘길수록 저는 마치 카메라의 뷰파인더를 들여다보는 것처럼 생생한 장면들 앞에 서게 되었습니다. 동시에 그 장면들 뒤에서 조용히 역사하고 계시는 하나님의 손길을 느끼게 되었습니다. 저도 선교사인 아버지를 따라 이슬람 국가에서 어린 시절을 보냈습니다. 아름다운 그곳의 영상적 서사가 담긴 이 책을 진심으로 추천합니다.

송동호 (나우미션 대표 목사, '일터, 하나님의 디자인' 저자)

선교는 더 이상 '특별한 사람들만 가는 길'이 아니라, 모든 성도가 삶으로 참여해야 하는 하나님의 부르심입니다. 그리고 그 속에서 가장 중요한 것은 한 영혼을 향한 하나님의 시선과 마음입니다.

저는 여러 해 동안 BAM(비즈니스 선교) 사역을 통해 하나님께서 어떻게 선교의 문을 여시는지 가까이에서 보아 왔습니다. 또 운영하고 있는 일삶선교학교를 통해 수많은 청년과 성도를 만나며, 그들의 정체성과 소명을 회복시키는 일이 얼마나 중요한지 몸으로 경험했습니다.

그런 제 사역의 여정과 맞닿아 있었기 때문인지, 《다리》는 제 마음에 오래 남을 책이 되었습니다. 다이나믹하고 깊은 울림을 남기는 스토리 가운데 선교에 대한 통찰을 줄 것입니다.

이 책을 '하나님의 선교'를 꿈꾸고 기대하는 모든 성도님들께 추천합니다.

김준영 – 제이어스/자이온 대표

창조의 하나님이 우리와 함께 하십니다. 예배와 선교, 그리고 일터와 믿음을 잇는 일을 하다 보면, 하나님의 창조력을 구하게 됩니다. 하나님께서 우리 각자에게 주신 소명이 얼마나 다양하고 창의적인지 새삼 깨닫게 됩니다.하나님의 통치를 선포하는 선교에 있어서도 창조적인 방법들이 시도되고 있습니다. 하지만, 여러 방법을 관통하는 본질은 '사랑'입니다. 이 소설의 주제도 '사랑'이라고 생각합니다. 사랑을 창조적으로 표현하고 전하는데 이 책이 인사이트를 주리라 생각합니다.

십자가로 우리의 다리가 되어 주신 예수님을 따르며, 우리도 세상에 작은 다리가 될 것을 소망해 봅니다.

이현수(한국프론티어스 선교회 대표 목사, 무슬림을 위한 30일 기도운동 대표)

《다리》라는 제목이 참 좋습니다. 하나님은 언제나 막힌 길 사이에 다리를 놓으시는 분이십니다. 사람과 하나님 사이, 상처와 회복 사이, 억압과 자유 사이, 어둠과 빛 사이에 그분은 늘 '십자가의 다리'를 세우십니다.

저자는 이슬람권의 문화와 종교적 구조를 놀라울 만큼 정확하고 깊이 있게 그려내면서도, 복음의 다리가 어떻게 장벽을 뚫고 놓여지는 지를 섬세하고 진실하게 담아냈습니다. '기도는 다리를 세우는 일입니다' 저자는 무슬림을 위한 30일 기도운동을 활성화 시키는 '마중물 사역'을 해 왔습니다. 이 책이 이슬람권 사역과 기도운동에 '다리'가 되고, '마중물'이 되길 소망합니다.

김아영(횃불트리니티신학대학원대학교 교수, 한국이슬람연구소 소장)

지난 1500년 동안 크리스챤들은 무슬림 이웃들에게 복음을 전하기 위해 여러 방법으로 노력해 왔습니다. 하지만, 그 노력이 언제나 결실로 이어지는 것은 아니어서, 지금도 전통적인 방법뿐 아니라 새로운 도전도 시도됩니다.

특별히 비서구권 선교사가 많아지면서, 두드러지게 부각되고 있는 방법이 스토리텔링입니다. 스토리텔링은 가장 정겹고 공감되게 구원의 이야기를 전하는 통로가 됩니다. 문자가 있지만, 중요한 가치들과 세계관이 언어로 전달되어지는 구두전승 문화권에서는 더욱 그렇습니다.

이 소설은 실제일 수도, 아닐 수도 있습니다. 어떤 부분은 한 섬에서 무슬림들과 살았던 나의 경험과 맞닿아 있습니다. 또 다른 이슬람권 사역자들이 경험했을 법한 이야기도 있습니다. 이런 이야기가 조각보처럼 이어져 아름답고 마음 시린 풍경으로 그려졌습니다.

"인간은 본질적으로 스토리텔링의 동물"이라고 철학자 Alasdair MacIntyre는 말했습니다. 삶과 죽음의 경계를 넘어 구원에 이르는 이 소설처럼, 땅 끝 무슬림의 마음에 구원의 다리가 놓이기를 기도합니다.

『브릿지』는 선교사라면 늘 마음 떨리는 단어입니다. 무슬림 형제자매들에게 작은 『브릿지』가 되고 싶은 소망 때문입니다. 우리를 밟고 예수 그리스도에게로 건너갈 수만 있다면…이렇게 다리가 되어 이슬람권 각지에 서 있는 동역자들의 마음을 모아 이 책을 추천합니다.

정래욱 (노아대표, 찬양작곡가, 뮤지컬 아이캔플라이 극본과 작곡)

"아…이건 소설이라고 하기 어려울것 같아요"

몇 년 전 처음으로 〈다리〉라는 이름으로 쓴 초고를 받아 읽고 제가 드렸던 회신이었습니다. 그걸로 끝이라고 생각했는데 3년이라는 시간 후 결국 소설을 썼다는 소식이 전해졌습니다. 저는 소설을 읽으며 정말 쓰고 싶은 이야기가 있었구나…그 이야기는 소설이라는 형식으로 출간될 수밖에 없었구나…이런 생각을 하게 되었습니다. 또한 그 열정에 감탄하며 감동할 수밖에 없었습니다. 특별히 선교지에서 만든 찬양곡들이 글 중간에 배치되어 마치 한편의 뮤지컬처럼 다가왔고 제가 경험했던 그 선교지의 현장감과 감동이 전해지는듯 했습니다.

'언젠가 반드시 세상에 나와야 할 이야기'가 출간됨을 축하합니다. 예술로 선교하고 싶은 이들에게, 예배의 언어를 새롭게 발견하고 싶은 이들에게, 그리고 인생의 어느 지점 '건너가야 할 다리' 앞에 서 있는 모든 이들에게 《다리》를 기쁜 마음으로 추천합니다.

저자의 가족들(아내, 딸, 아들)

우리 가족은 지난 17년간 이슬람 국가에서 은혜 가운데 살아왔습니다. 시간을 쪼개어 노래를 만들고, 글을 쓰는 남편/아빠를 옆에서 지켜봐 왔습니다. 그분은 '이야기를 쓰는 사람'인 동시에 '이야기를 직접 살아가는 사람'이었습니다. 그가 만든 노래를 함께 부르고, 함께 이야기 속에 살아온 세월은 따뜻했고 향기로웠습니다.

우리의 삶에 찾아왔던 여러 명의 아네스를 기억합니다. 그 사랑스러운 눈동자를 기억합니다. 독자 여러분들도 그들을 사랑의 눈으로 봐 주세요. 저희가 그들을 더 깊은 사랑으로 섬길 수 있도록 기도해 주세요. 한가득 사랑의 마음으로 이 책을 여러분께 권합니다.

프롤로그

"엄마…왼쪽!! 왼쪽으로 피해요!!"

맹수에게 쫓기는 초식동물의 울음처럼 아네스는 절규했다. 우르르 쾅쾅…하늘을 찢는 천둥소리와 함께 긴장된 숫자를 센다. 왼편으로 질주하는 엄마의 실루엣이 보였다.

'하나!

둘!

셋…!'

번쩍!! 3초 전 떠올랐던 이미지의 데칼코마니처럼 번개가 내리쳤다. 번개를 맞은 다리의 오른쪽 주탑이 무너져 내리며 바다 속 검은 그림자를 스친다.

쿠구궁…다리 상판도 충격에 떨어져 나갔다. 갑작스러운 충격으로 멈칫하던 검은 그림자는 그 큰 몸을 돌리려 한다.

아네스는 비틀거리며 반대방향으로 뒤돌아 뛰었다. 바다괴물도 180도 방향을 바꾼다. 큰 덩치의 회전에 검푸른 바닷물이 소용돌이

쳤다. 괴물이 바다를 가르는 어뢰처럼 그대로 돌진해왔다.

'타다다닥…아아악…' 숨이 턱끝까지 찬 아네스의 앞에 낭떠러지가 펼쳐진다. 바다 괴물과 첫 충돌로 다리 뒤쪽은 이미 끊겨 있었다. 털썩 주저 앉았다. 그리고 사냥을 하려는 듯 바다 괴물은 물살을 가르며 아네스가 있는 다리 아래로 바짝 다가왔다. 그녀는 호흡이 멈추고 아무런 소리를 낼 수 없었다.

폭포수 같은 소리를 내며 바다 괴물이 물 밖으로 머리를 드러냈다. 그 괴이한 모습에 혼이 빠져나갈 것 같았다. 하나처럼 보였던 머리 그림자는 촉수같은 수 백 개 머리의 뭉치였던 것이다. 각자의 머리에서 수많은 소리를 내뱉으며 수백개의 눈이 아네스를 쏘아보고 있었다.

"안돼…이 괴물아! 나에게 덤벼라!"

바다 저편에서 엄마의 절규가 들렸다. 무너진 다리 상판 끝에서 손을 휘저으며 괴물을 자극하고 있었다. 수백개의 눈이 다시 뒤로 쏠렸다. 메기처럼 생긴 괴물의 몸은 과연 어느 머리의 명령을 따르고 있는 것일까? 바다에 잠긴 몸이 돌아서며 바닷물은 또 한 번 소용돌이쳤다.

'아…엄마…엄마!! 엄마!!! 위험해요. 도망가요!!'

엄마는 죽을 힘을 다해 부서진 시멘트 조각을 괴물에게 던졌다. 이

웃고 다가오는 괴물을 피해 반대편으로 도망가기 시작했다.

“우웨워어어어…”

성이 잔뜩 난 괴물의 포효는 수백개의 음파가 공명되어 다리를 진동했다. 또 한 번의 번개가 반대편 교각에 내리쳤다.

우르르 꽈다당…기우뚱 해 있던 남은 왼쪽 주탑도 큰 소리를 내며 넘어갔다.

바다괴물이 놀라 물속으로 잠수하는 틈을 타 멀리 엄마가 육지를 향해 질주한다. 주르륵…눈물이 가득 찬 아네스의 눈에 엄마가 작은 점이 되어가는 것이 아련하게 번져 보였다. 여전히 섬쪽, 무너진 다리 위에 주저 앉은 아네스는 눈물 젖은 혼자말을 중얼거린다.

“엄마, 엄마… 뒤돌아보지 말고 뛰어요…난…괜찮아요…”

라마단* 혼밥

톡톡…톡톡톡…흐느끼며 들썩이는 아네스의 어깨 위에 생소한 손길이 느껴진다.

"학생… 이제 집에 가야지… 우리 문 닫아."

2014년 6월이 끝나가는 어느 목요일… 아네스의 왜소한 어깨에 낯선 손이 얹혀졌다. 어두웠던 주변이 노란빛, 보랏빛으로 밝아왔다. 라마단 기간, 형광빛 조명 아래 식당에는 열대의 더위가 채 가시지 않았다. 현지식 볶음밥이 담긴 접시를 보며 식당 주인 아주머니가 질겁을 한다.

"아니, 학생…어쩌면 좋아…밥을 거의 안 먹었네? 몇 시간 전에 시

* 라마단 - 이슬람력으로 아홉번째 달로, '타는 듯한 더위와 건조함'이라는 뜻을 가지고 있다. 해가 뜰 때부터 질 때까지 물을 포함한 금식을 한다. 식사 이외에도 금욕의 생활을 하며, 하루 5번 기도와 구제 등 종교적 행위가 강조된다.

킨 것 아니야? 많이 힘든가봐…지금 우는 거야?"

아주머니와 닮은 꼴을 한 카운터 아가씨가 다가오며 카랑카랑한 목소리를 더했다. 통통한 몸에 딱 달라붙는 청바지와 그래픽 티셔츠, 반짝이 장식이 된 히잡을 쓴 MZ세대이다. 정성스런 색조화장에 써클렌즈를 한 듯 눈동자는 더 크고 회갈색으로 보였다.

"헐…그러니까요, 아까 이프타르* 전에 주문했을테니 3시간은 넘은 것 같은데…쯧쯧…언니, 너무 배고파서 우는 거 아니에요?"

"학생, 하루 종일 아무것도 못 먹었잖아. 배고파서 어째. 이거 싸 줄까? 오늘도 음식을 시켜 놓고 책에 그냥 빠졌네, 빠졌어."

"예쁜 언니가 너무 정신없이 산다. 혹시 라마단을 기회로 다이어트 하는 거예요? 다이어트가 힘들어서 우는 거죠? 난 이해해…언니 힘내요"

"아…글쎄요…저 우는 거 아네요. 그냥 책 내용이 좀 무서워서요…좀 놀랐나 봐요."

* 이프타르 - 라마단 금식 기간에 해가 지면서 금식을 마치고 하는 저녁 식사

그제서야 아네스는 판타지 소설에 파묻은 얼굴을 들었다. 두꺼운 안경 너머로 벽시계와 아주머니를 번갈아 쳐다본다. 벽시계는 10시 반을 지나고 있다. 벽시계 옆에는 와르다* 식당의 간판과 라마단 기간에 10시 반까지 영업을 한다는 안내문이 붙어 있었다.

"아…정말 죄송해요. 그냥…시간이 이렇게 된 지 몰랐어요. 배는 안 고파요.

앗!! 아까 밥을 많이 먹었었는데…왜 이렇게 남아있죠? 혹시 아주머니가 더 주셨어요?"

"아니…이 언니가 정말 정신이 없으시네. 언니, 아까 한 입만 먹고 바로 책 보기 시작했잖아요. 아마 책속에서 밥을 먹었나 보죠. 그러니 배부르다 하죠."

"책 읽는 것도 좋지만, 왠만큼 하고 건강도 생각해야지…다음에도 이러면 책을 확 뺐을 거야. 엄마, 아빠가 아시면 얼마나 걱정하겠어."

"걱정 마세요…엄마, 아빠 없어요. 걱정할 사람도 없죠."

담담한 대답에 화들짝 놀란 아주머니의 톤이 높아졌다.

---

* 와르다 - 아랍어로 꽃 혹은 장미

"아이고…정말 미안해. 내가 괜한 소리 했네…. 암튼 이거 싸 줄테니, 집에 가서라도 꼭 먹어요…학생!"

아네스는 투박한 종이 상자와 파란 비닐에 포장된 음식을 받아 들었다. 계산을 하고, 몇 장 남지 않은 책이 못내 아쉬운 듯 책을 다시 펴 들었다. 아담한 키에 책을 들고 구부정하게 서니 중학생처럼 보였다. 우당탕탕…식당을 나서 10미터쯤 책을 보며 불안하게 걷다 입간판에 발이 걸렸다. 식당을 정리하던 모녀는 짧은 외마디 비명을 듣고 뒤를 돌아다본다. 애지중지하던 책을 땅에 떨어뜨리고, 허둥대는 그녀 앞에 한 남자가 허리를 굽혀 책을 집어 주었다.

"감, 감사함…다."

퉁명스러운 인사로 창피함을 무마하고, 서둘러 책을 챙겨 걷기 시작했다. 다행히 더 이상 책을 펼치지 않고 걷는다.

그 뒷모습을 보며 식당 와르다의 모녀는 안쓰러운 표정으로 서로의 손을 지긋이 잡았다.

"엄마, 아무래도 정신이 좀 어떻게 된 언니인 것 같아.

난 책보다 밥이 열 배는 좋은데, 어떻게 밥 안 먹고 책을 보는 거지? 라마단에는 해지는 시간만 기다렸다가 다들 허겁지겁 밥을 먹잖아요. 저 언니는 딱 한 숟가락 먹고 책을 읽기 시작하는 것 같더라고. 마치 책 속에 빨려 들어가 살다 나온 사람 같았어."

"야!! 딸…너는 밥만 먹지 말고 책도 좀 봐라. 어떻게 1년에 책 한권도 안 읽냐? 코란 보는 것도 질색하고 말이야."

"에이…또 그 소리. 지금이 시대가 어느 시대인데 코란을 봐, 고리타분하게. 최신 한국 드라마가 쏟아져 나와 시간이 부족해…그 1400년 된 책을 꼭 봐야 겠어? 히히…엄마…사랑해."

딸은 눈웃음으로 엄마의 잔소리를 극복해 나간다.

"엄마, 빨리 정리하고 밤참 먹으러 가요. 요즘 너무 힘들어서 마른 것 같아. 라마단 때는 잘 먹어야지…호호호"

"야, 이러니 라마단 때 우리 식비가 마구마구 더 올라가잖아…이그그."

엄마도 건강한 딸의 애교가 싫지 않은지, 딸의 어깨를 가볍게 안아주고 서둘러 매장 정리를 시작한다.

“아주머니, 오늘도 수고 많으셨네요. 라마단이라 많이 힘들지 않으세요?”

책을 집어 준 외국인 청년이 경쾌하게 말을 걸어온다. 인사와 호칭만 예라비말이고, 영어로 짧게 짧게 얘기해 쉽게 알아들을 수 있었다.

티아란섬, 원래 이 바닷가 마을은 어촌이었다. 남자들은 작은 배로 가까운 바다에서 물고기와 해산물을 잡았다. 하지만, 어업도 점점 현대화되면서 어촌 마을은 보란듯이 쇠퇴해 갔다. 대신 몇 년 전부터 다리 풍경이 잘 보이는 이 바닷가에 로컬 식당과 카페가 생기기 시작했다.

20년 전 어촌 마을 때부터 와르다 식당을 운영하던 주인 아주머니는 이 지역 식당가의 최고참이었다. 최근에는 이 외국인도 바닷가 집을 하나 계약해 공사를 하고 있다. 카페를 만든다고 한다. 한국 사람이 운영한다니, 로컬 식당과 경쟁은 아니려니…하며 더 관심이 갔다. 은근 관광객들이 올 것도 기대되었다. 그 카페를 준비하는 한국인 청년 선우였다.

“아이…힘들기는…평생을 해 오는 건데 뭐…낮에 음식을 못 먹으니 조리할 때 맛을 못 보는 것이 좀 불편하지만, 그것도 20년 식당을 운영하니 눈감고도 해요.”

“와…금식할 때에는 음식 맛도 못 보는 군요. 정말 쉽지 않으시겠어요. 20년…대단하세요. 저도 나중에 이프타르 시간에 완전 허둥될 것 같아요."

"모든 사람들이 몰려서 금식을 마치고 식사를 시작하니, 주문량이 장난 아니지… 그래서, 미리 많이 만들어 놓고 팔아야지. 주문 받아서 만들면 쳐 낼 수가 없어요."

"우와… 아주머니, 정말 좋은 팁이에요. 아까 저희 옆집에도 해 지기 1시간 전부터 손님들이 자리 잡더라구요. 주문한 음식을 앞에 놓고 해지기를 기다리고 있는 모습을 봤어요. 만석 이던데요. 저희는 라마단 지나고 오픈할 거지만, 내년에는 저도 메뉴를 몇 가지만 미리 만들어서 팔아야 겠어요. 그나저나 사장님은 그 시간에도 밥을 못 드셔서 더 힘드시겠어요?"

"아무래도 손님들 접객해야 하니 1시간은 더 있다가 먹게 되지… 그래서, 금식 끝나는 시간에 요르단에서 온 대추야자를 먼저 먹어. 당도랑 영양가가 좋고 속을 달래 주어서 먹으면 힘이 나거든. 알라가 주신 축복의 열매야. 아…여기 좀 있으니 집에 가면서 먹어봐요."

"네, 감사해요. 마침 출출하던 참이었어요. 저도 여기 문화를 배우면서 조금씩 로컬사람이 되어가고 있어요. 하하하…"

"인터넷에서 한국 음식 신기하고 맛있다고 다들 궁금해하는 것 같더라고…그래도 금식하고 나면 고향 음식이 더 끌리긴 하지. 오늘 우리도 너무 바빴어. 많이 피곤하네. 오픈 준비 잘하고…"

"네, 아주머니…그럼 들어가서 쉬세요. 아…저기 우리 친구가 오네요. 같이 가야 겠어요."

"그래요, 곧 비가 올 것 같은데, 서둘러 가요."

선우는 뒤따라온 가애와 나란히 걷기 시작한다. 서로 어깨를 툭툭 치며 장난치는 모습이 현지인에게는 신기하게 보였다. 카페 안에서 발그레한 얼굴로 바라만 보던 딸이 얼굴을 약간 찡그렸다. 짜증이 섞인 딸의 목소리를 주인 아주머니는 금방 알아챌 수 있었다.

"엄마, 저 언니는 저 분 여자친구야?"

"아니, 그냥 고향 친구라고 하던데…왜? 관심있니?"

"그냥…저 오빠… 한국 드라마에 나오는 사람 같아서…히히…한국 사람을 이렇게 가까이서 볼 줄이야. 한국 남자들은 다 송중기처럼 다정하고 친절한 것 같아. 짱이야! 그런데, 남여가 어떻게 친구가 될 수 있지? 하긴…한국 드라마에서도 남사친, 여사친 많이 나오던데, 참 신기하네."

"아이고…우리 딸이 그래서 얼굴이 발그레 발그레 하구만. 호호."

독서망상과 3초예지

아네스에게 라마단은 우울했다.

독서 망상에서 빠져나와 현실의 길을 걷는 아네스에게 라마단에 얽힌 몇 가지 기억이 떠올랐다. 라마단은 해가 뜨는 시간부터 지는 시간까지 금식을 한다. 동네의 보통 가족들은 해가 질 때 모두 모여 저녁 파티를 했다. 또 자정 가까이 되어 더위가 꺾이면 테라스나 마당에 모여 야식을 먹곤 했다. 라마단은 고통스런 금식과 풍성한 축제가 어우러진 기간이었다.

하지만, 아네스의 어린시절, 엄마가 사고로 돌아가시고, 라마단은 외로움이 더 깊어지는 시즌이었다. 아빠마저 새 장가를 들어 육지 먼 곳으로 이사 가셨다. 키워 주신 친할머니가 준비한 음식을 함께 먹을 때는 괜찮았지만, 할머니가 작은 아버지 집에 가서 식사를 할 때가 종종 있었다. 그런 날은 왁자지껄한 옆집의 소리를 들으며, 혼자 밥을 먹곤 했다. 아네스는 옆집에 사는 작은 아버지의 아들 하캄이 무서워 따라가지 않았기 때문이다.

허겁지겁 혼자 저녁을 먹고 나면, 책을 펴 들고 빠져들어갔다. 책 내용에서 시작해 상상인지 망상인지 모를 세계가 펼쳐졌다. 그 세계에서 외로움을 잊곤 했다. 라마단 기간에는 시간이 남아 돌아서 책이 항상 모자랐다.

“이거 모야? 그럼 이름이 모야? 이름 없어? 내가 이름 지어 줄께… 아기 염소야…넌 롤로야, 롤로.”

꼬꼬마 아네스는 고무공같이 톡톡 튀는 소녀였다고 한다. 평화로운 마을을 휘젓고 다니며 터질 듯 호기심 가득찬 눈망울에 잡히는 모든 것을 질문했다. 하루 종일 엄마는 아네스를 쫓아다니며, 그 질문에 답해주는 것이 일상이었다. 모르는 대상에게도 쉽게 다가가고, 세상을 바라보는 독특한 시각에 사람들을 놀래 키곤 했다. 마을에 있는 식물과 곤충들의 종류를 외우고, 더 나아가 주변에 새끼 염소, 고양이, 병아리들에게 이름을 지어주곤 했다.

하지만, 엄마가 떠나간 후 그녀의 투명하던 영혼에는 시퍼런 멍이 들었다. 그 후 아네스의 성장과정은 만만치 않았다. 자신을 그림자 취급하는 친척들 때문에 할머니의 등 뒤에 늘 숨곤 했다. 정확히 모르지만, 아네스를 원치 않는 존재로 여기는 것 같았다. 어른들의 외면에 이어, 사촌들과 동네 아이들도 그녀를 왕따 시키기 시작했다.

그런 날은 책이 유일한 도피처였다. 손에 잡히는 대로, 닥치는 대로 읽곤 했다.

책 속에 현실과는 다른 세상이 있었고, 고민을 들어줄 친구가 있었고…그 세상에는 엄마 아빠도 있었다. 책 속의 세상은 그를 행복한 공주로 만들어 주기도 했고, 당당하고 용감한 여전사로 만들어 주기도 했다.

"얘들아, 나 어제 사막속에 묻힌 보물을 찾으러 갔다 왔어. 날으는 양탄자를 타고 갔는데, 마지막에 모래 동굴이 무너질 때 양탄자가 없으면 죽었을 꺼야. 나쁜 마술사가 우리를 괴롭혔는데, 온 몸에 보석을 박아 넣은 검은 토브*를 입고 있었어. 우리가 멋지게 무찌르고 보물을 차지했지. 우리편 대장 오빠가 너무 멋있었는데, 나에게 너무 친절하게 해 줬어…호호호."

"쟤 뭐야? 텔레비젼에서 만화 본 것을 얘기하는 거야?"

"아냐…쟤 항상 책 읽고 나면 헛소리하는 거 몰라? 하루 종일 책 속에 파묻혀 있다가 가끔 나와서 저런 소리 한다니까…"

---

* 토브 - 무슬림 남성이 입는 발목까지 내려오는 긴 흰색 의복. 토브와 함께 스카프를 쓰기도 하지만 얼굴을 가리지는 않는다.

일곱 살쯤 부터 시작된 독서 망상은 현실 세계에서 아네스를 더 고립시켰다. 책의 내용과 현실을 혼동하기 시작한 것이다. 책속에서 만난 이야기들이 실제인 것처럼 동네 사람들에게 이야기하면, 동네 아이들은 아네스를 더 놀려 댔다.

그렇게, 부모가 없는 아네스는 어느새 동네 아이들의 놀이용 벌레 같은 존재가 되었다.

책을 많이 읽기는 했지만, 현실에는 잘 적응하지 못했다. 학교 생활도 순탄치 않아 중학교 때까지 공부에는 큰 흥미가 없었다. 수업시간에도 다른 책에 빠져 있기 일수였다.

"아휴…아네스야, 너 성적이 이게 뭐야. 이 할머니가 너 공부도 안 챙긴다고 사람들이 손가락질하겠다. 너 이러면 고등학교 졸업하고 바로 시집가야 된다."

할머니의 말에 정신이 바짝 나서 11학년 때부터 공부를 시작했다. 교과서도 책인지라… 제대로 보기 시작하니 하루 종일 교과서 속에 빠질 수 있었다.

그때는 새로운 밀레니엄이 시작된 지도 10년이 지난 2010년 이었지만… 예라비 이슬람 공화국, 이 나라에서는 여자가 결혼을 늦출 수 있는 방법이 대학 진학이었다. 예라비는 가족 중심의 평화로운 나라였다. 종교와 인종이 다른 주변국과 전쟁도 거의 없었다. 수 백 년을 지켜온 신앙과 전통에 자부심을 가지고 있었다.

일찍 결혼해 행복하게 사는 부부도 많았다. 하지만, 몇 년 후 남자가 두번째 부인을 두려 하거나 아내가 순종하지 않을 때 사단이 났다. 흔하진 않지만, 돈이 많은 남자는 이슬람법에 따라 4명의 아내 두기도 했다. 순종하지 않는 여인은 쉽게 이혼당하곤 했다.

'결혼은 차도르* 같아. 누구에게는 밝은 허니문 집일지 모르지만, 나는 검은 천막 같아. 그 검은 그림자 속에서 살고 싶지는 않아.'

고등학생 아네스에게 남자와 결혼은 회색 빛이었다. 이미 행복하지 않은 삶에 더 큰 불행을 가져다 줄 것 같았다. 명절 때나 멀찍이 볼 수 있는 아버지는 항상 어색했다. 새엄마는 더 불편했고, 둘 사이도 그저 좋아 보이지 않았다. 아네스에게 결혼 생활은 끔찍하게 느껴졌다.

"너 그렇게 울면 나한테 시집와야 한다. 킬킬킬"

사촌 칼릴의 역겨운 말이 뇌리에 꽂혀 있었다.

---

* 차도르 – 일부 국가의 무슬림들이 입는 전신을 감싸고 얼굴만 내놓는 검은색 옷이다. 원래 텐트, 천막 등의 뜻이 있다.

뒤늦게 시작해 2년 남짓 집중한 공부로, 아네스는 이 티아란 섬에 있는 유일한 종합대학에 합격했다. 섬 밖에 있는 대학에도 합격했지만, 티아란 대학을 선택했다. 태어나 한 번도 섬 밖으로 나가보지 못해 두려웠다. 전액 장학금도 받았다. 입학 성적도 좋았지만, 국립대학에는 무슬림에게 주는 가산점과 입학생 쿼터가 있었다. 물론 장학금도 더 유리하게 받을 수 있었다. 예라비 이슬람 공화국은 이슬람교가 국교이다. 모든 사람들의 신분증에는 종교가 잘 보이게 표시되어 있었다. 제국주의 시대에 이주해 온 타 민족과 산 위에 사는 원주민을 제외하면 대부분의 사람들이 이슬람교를 믿는 무슬림이었다.

대학 기숙사에 들어가면서 아네스는 비로소 약간의 자유를 느낄 수 있었다. 바닷가 고향 동네와는 버스로 1시간 정도 거리에 떨어져 있었다. 더이상 동네 사람들의 비릿한 시선을 안 받아도 됐다.

'와우…천국이다!! 사방이 다 책이다!! 대학 오길 정말 잘 했다.'

아네스에게 대학 도서관은 천국이었다. 하루 종일 놀 수 있는 놀이동산이었다.

879권! 얼마전 도서관 홈페이지에 로그온 했을 때, 지금까지 4년간 대출한 숫자였다.

친구들에게 빌려 본 것까지 하면, 지금까지 대학 생활 3년동안 아네스가 읽은 책은 900권 이상 되는 것 같다. 어릴 때 읽었던 추억의 동화책들도 다양한 버전으로 읽었다. 같은 동화책을 예라비어, 아랍어, 영어로 읽은 적도 있었다. 각 언어로 읽을 때 주인공은 그 나라 사람으로 상상되기도 했다. 방학 기간에는 열람실 책장을 정해놓고, 쭉…읽어 나가는 책장깨기를 한 적도 있다. 짧은 책은 하루에 3권도 좋고, 5권도 좋았다. 한 번 책을 잡으면 앉은 자리에게 다 읽어야 직성이 풀렸다.

그런데, 어떤 책은 그냥 읽는 것이 아니라, 그 책의 내용에 빠져들어서 현실과 공상의 경계가 허물어 졌다. 어린 시절의 아네스처럼 책 속에서 주인공과 대화하고, 망상 같은 가상세계로 빠져 들어갔다. 오늘 와르다 식당에서도 같은 일이 있었던 것이다.

미야우…미야우…

늦은 밤 기숙사로 들어오는 아네스를 발자국 소리를 듣고 길고양이 3마리가 모였다. 바람이 점점 세게 불기 시작해 아네스의 마음이 급해졌다.

"아유…이 녀석들. 라마단 되니까 낮에 먹을 게 없어서 배 고팠지? 롤로야, 여기 너희 식사를 가져왔다."

롤로는 그녀가 최애하는 새끼 고양이였다. 아기 때부터 보아와서 이제 제법 큰 모습이 대견했다. 어릴 때는 다른 형제들에게 밀려났는지, 유난히 작고 앞다리를 약간 절었다. 뭔가 부족한 자신을 닮은 롤로에게 남다른 애정이 생겼다.

포장해 온 볶음밥을 열어 반을 그들에게 주었다. 고양이들은 익숙한 듯 음식을 먹기 시작했다. 민감하게 눈치 봐야 하는 사람들보다, 츤데레 같은 고양이들이 더 대하기 편했다.

휘이이익…싸악…싸아악…

"롤로!! 도망가!!"

하나,

둘,

셋

쨍그랑 후두두둑… 낮은 담장 위에 올려 있던 빈 병 하나가 떨어져 박살이 났다. 스콜을 예고하는 돌풍에 흔들려 떨어진 것이다. 날카로운 파편이 고양이 있던 곳까지 튀었다. 고양이들은 아네스의 외침에 놀라 이미 뒷걸음을 친 상태였다.

언젠가부터 아네스는 3초 후의 위험을 종종 감지했다. 주변 기류의 변화, 사람의 표정 변화 등을 주의 깊게 보다가 순간적으로 팔뚝과 머리털이 쭈뼛서면 3초쯤 후에 무서운 일이 생기곤 했다. 그래서, 위험에 대처하며 하나, 둘, 셋을 세는 버릇이 생겼다. 아마 고향 마을 아이들의 폭력과 친척들의 왕따… 때문에 눈치를 보다 생긴 능력 같았다. 혼자 있을 때 빼고는 항상 긴장을 하며 살아야 했고, 불안감도 항상 높았다.

"미야우…미야우…"

"응응…롤로, 많이 놀랐지? 다시 밥 먹어라, 이쁜 녀석들."

띠디디 디리리링…

가방에서 높은 단조의 벨소리가 흘러나왔다.

갑자기 울리는 벨 소리에 길고양이들이 움칫 눈치를 보다가 다시 밥을 먹었다.

'어…모르는 번호…누구지, 이 시간에?'

벨소리만큼이나 째랑대는 여성의 목소리가 귀속을 파고 들었다.

"앗쌀라무 알라이쿰…아네스니? 나는 네 엄마야…그러니까…너는 나를 잘 모르겠지만, 쉽게 말해 네 아빠의 아내라고. 아빠에게 네 얘기 들었다. 다음주 이드 알피트르* 때에 아빠와 할머니 댁에 갈 건데

---

* 이드 알피트르(Eid al-Fitr) - 라마단이 끝났음을 축하하는 이슬람의 명절. 줄여서 이드라고도 부른다. 가족이 함께 모이고, 이웃을 초대하는 풍습이 있다.

그 때 볼 수 있겠네. 아빠가 따로 너를 보고 싶어하시거든…나도 꼭 보고 싶다."

'엄마'…라는 단어에 흠짓 놀라고 설레어서 2초 정도 머뭇거렸다. 하지만, 이내 상황파악이 되었다. 전에 만난 적 있는 새엄마는 말이 어눌했으니, 아니고… 두번째 새엄마가 젊은 사람이라고 했으니…아마도 그 사람인 것 같았다.

"네…안녕하세요? 아빠가 두번째 아내를 맞이했다는 이야기를 할머니에게 들었어요. 요즘 많이 바쁘기는 하지만…뵙긴 해야 겠지요."

"그래 그래, 아네스… 예라비 대학생이라면서? 대학 근처에서 만나 캠퍼스도 좀 구경시켜 주고 그러면 참 좋겠다. 그럼 가기 전에 다시 한 번 전화할께. 아빠는 거실에 계신데, 안부 전해 달라고 하신다. 그럼 잘 있어"

전화가 끊어지자 견딜 수 없는 허기가 갑자기 몰려왔다. 하루 종일 먹은 것이 아까 그 볶음밥 한 입 밖에 없다는 사실이 아네스를 헛헛하고 맥없게 만들었다. 엄마라는 비현실적인 단어가 폐부를 찔렀다. 혼자라는 현실이 검은 그림자처럼 아네스를 덮쳐왔다. 아빠와 평생 따뜻한 대화 한 번 못 해 본 자신처럼 텅텅 빈 위장이 초라하게 느껴졌다. 결핍과 공허라는 두 단어가 시커먼 파도가 되어 그녀를 강타할 때 다리가 후들거렸다.

'아빠? 나에게 아빠라는 존재가 있기는 한 건가?'

어릴 적 엄마가 갑자기 돌아가시고 난 후 아빠는 아네스를 할머니에게 맡겼다. 안 그래도 엄마를 상실한 그녀에게 아빠의 존재도 점차 지워져 갔다.

엄마…엄마에 대한 막연한 그리움이 밀려왔다. 처음보는 여자를 엄마라고 도저히 부를 자신이 없었다. 첫번째 새 엄마에게도 엄마라 부르지 않아서 어린 아네스를 버리고 멀리 이사를 가셨다고 들었다. 어린 나이였지만, 엄마가 죽고 1년이 채 되지 않아 나타난 새 엄마를 도저히 받아들일 수 없었나 보다.

'할머니…'

만날 수 없는 엄마를 대신해 할머니가 떠올랐다. 그나마 현실적으로 부빌 수 있는 애착이 복부를 밀고 올라왔다. 내일은 할머니를 만나러 고향 마을에 다녀오리라.

망고 나무

그날 밤 아네스의 꿈에서 엄마가 나왔다. 엄마의 사진이 하나도 없기에, 언제나 실루엣만 있는 상상 속의 엄마일 뿐이었다. 어릴 적 들었던 이야기 탓인지, 높은 곳에서 하염없이 떨어지는 엄마의 모습이었다. 검은색 고래처럼 거대한 슬픔이 뱃고동 소리를 내며 몰려왔다. 새벽녘에 깨어난 이후로는 도무지 잠을 이룰 수가 없었다.

허기진 감정과 배를 채워보려 책을 펴고, 어제 남은 볶음밥을 기계적으로 섭취해 갔다. 새벽 5시…2시간 후 해가 뜨면 다시 밥을 먹을 수 없다. 종교 경찰이 라마단 금식을 어기는 무슬림을 적발하기도 한다. 학교내에도 사복을 입은 종교 경찰이 있다는 말을 들었다.

성격이 온순한 대다수의 무슬림들은 율법에 순종해 라마단에 잘 참여했다. 하지만, 요즘 젊은 세대 사이에는 라마단 때 몰래 밥을 먹고 그 체험기를 공유하는 유행이 있다.

임산부나 수유하는 엄마, 환자는 금식을 안 해도 되지만, 건강해진 후 그만큼 금식일을 채워야 했다. 아네스는 어차피 책을 보다가 밥 때를 놓치기 일쑤라서 금식이 그리 어렵지 않았다.

'동네 사람들을 안 마주쳐야 할 텐데…'

금요일인 오늘은 이슬람 휴일이라 할머니를 잠시 보러 가려 한다. 걱정이 앞섰다. 이슬람 법에 따라 학교와 직장이 모두 쉰다. 그래도, 모스크 모임 시간을 잘 맞추면 동네 사람들을 많이 안 마주치고 할머니를 만나고 올 수 있을 것이다.

모스크에서 오후 1:30에 큰 모임이 있다. 남자들이 주로 가고, 할머니들이나 아이를 돌봐야 하는 엄마들은 잘 안 간다. 다리가 불편한 할머니도 아마 집에 혼자 계시리라.

어릴 적 들었던 엄마에 대한 기억의 파편들을 모아보기 시작했다. 다리, 사고, 낙상, 태풍, 외국인…등 주요 단어가 떠올랐다.

모두가 쉬쉬하는 사건이었는지, 정확하게 말해주는 사람은 없었다. 아네스가 네 살 때의 일이었다고 하니 기억도 거의 없었다. 사람들이 많이 모여 있는 광경 정도였다. 따뜻한 엄마의 품도 아련하게 생각나는 것 같지만, 그저 상상이라 치부하며 살았다.

한 외국인 가족이 연관되어 있고, 엄마는 태풍이 오는 날 다리 위에서 사고가 나서 바다로 떨어지셨다고 들었다. 태풍 때문에 배를 띄울 수가 없어 이틀 뒤에 수색을 했지만, 시체는 못 찾았다고 한다.

아빠는 무엇이 급했는지, 아네스의 엄마가 돌아가신 지 1년도 안 되어서 다시 결혼을 했다. 첫번째 새엄마다. 나쁜 분은 아니지만, 지능이 약간 낮은 분이었다. 지금 생각해 보면, 결혼할 때 다섯 살이었던 아네스의 지능과 많이 차이 나지 안았을 것 같다. 10대가 되어서 보았을 때는 오히려 어린아이 같았다. 처음에는 아네스가 새 엄마가 낯설어서 거부했다. 커서는 왠지 정신연령의 역전이 일어난 것 같아 더 불편했다. 새 엄마도 처음에 거부를 당하고 마음에 상처가 컸는지, 울음을 터트리기도 했다. 임신을 하면서 육지로 이사를 가고, 두 차례에 걸쳐 조금씩 더 먼 곳으로 이사를 가셨다. 이제는 매년 명절에나 한 번 정도 만나는 사이가 되었다. 당연히 엄마라고 부를 기회도 없었고, 하고 싶지도 않았다.

'오늘은 할머니에게 엄마의 죽음에 대해 좀 들을 수 있을까? 어떤 미스터리가 있는 건가? 어떤 사고가 있었던 걸까?'

다리 건너 육지에도 외할아버지가 살아 계시다고 하는데, 한 번도 만난 기억이 없다. 엄마의 죽음 후에 친할머니는 엄마 쪽 친척들을 못 만나게 했기 때문이다. 아마 이미 돌아가셨을 지도 모른다.

새벽에 잠이 오지 않아 빌려 놓은 짧은 책을 두 권째 후딱 읽어 버리며 오전 시간을 보냈다. 아네스는 12시가 넘어서 고향 동네로 향했다. 오늘은 룸메이트 아이샤가 기숙사에만 있는다고 해서, 오토바이를 빌릴 수 있었다. 길이 좋아져서 대학에서 마을까지 1시간 정도면 갈 수 있었다. 많은 사람들이 모스크로 향하고 있었다. 정갈하게 전통 복장을 잘 차려 입고, 남자들은 작은 모자를 썼다. 반구의 작은 뚜껑처럼 생긴 모자인데, 검은색에 금색 무늬가 있는 모자를 쓴 사람들은 메카로 성지 순례를 다녀온 사람들이다. 라마단 기간에는 확실히 사람들이 더 종교적이 되는 것 같았다.

'이 동네는 정말 변함이 없군.'

거의 2년만에 고향 바타나 마을에 온 아네스는 주변을 살펴본다. 작은 어촌 마을…남자들은 바다, 집, 모스크가 반복되는 동선이었다. 아네스가 졸업한 작은 초등학교는 여전했다. 초등학교를 오전에 다녀온 후, 점심을 먹고 마당 그늘 밑에 걸린 해먹에서 낮잠을 잤다. 그 시간에 밖에 돌아다니면 허약한 아네스는 일사병에 걸리기 일수였다. 오후 3시에는 모스크에 부속된 종교학교를 매일 가야 했다. 종교학교에서는 이슬람 율법과 종교행위를 배웠다.

페타이어를 땅에 박아 만들어 놓은 마을 이정표, 길가에 허름하게 지어진 노점들, 예전보다 자동차가 늘어나긴 했지만, 여전히 오토바이와 자전거가 주 교통수단인 바퀴자국들. 포장된 길과 비포장된 길이 반복되며, 건기에 걸맞는 흙먼지가 피어나고 있었다.

동네 어귀에는 플루메리아* 꽃이 단아하게 피어 있었다. 어릴적 따서 머리에 꽂곤 했던 흰색과 노란색이 섞인 꽃이다. 엄마의 유품이라고 유일하게 전달받은 플루메리아 모양의 브롯지가 아네스의 어깨 위 히잡 자락에 피어있다. 아네스는 플루메리아를 볼 때 엄마를 그리곤 했다. 왠지 그렇게 단아하고, 피부가 곱고 고상한 여인이었을 것 같았다.

생각보다 일찍 도착해서인지, 차 두대가 비껴갈 수 없는, 좁은 마을길에서 모스크행 차들을 꽤 마주쳤다. 마을 사람들은 가족 예복을 함께 입고 모스크에 가는 것을 큰 자부심으로 여겼다. 오토바이에 탄 채로 살짝 목례를 하며 지나갔다. 헬멧을 벗지 않아 못 알아볼꺼라 생각하며 오토바이의 엑셀을 당겼다.

할머니 집 가까이 가면서 긴장감에 몸이 굳어왔다. 바로 옆 집에 작은 아버지 가족은 정말 만나고 싶지 않았다. 특히 6개월 먼저 태어난 사촌 오빠 칼릴과 조우는 생각만 해도 온 몸의 세포가 곤두섰다. 다행히 일찍 모스크에 갔는지 마주치지 않았다.

'아네스야…아이고, 하비비**, 내 새끼. 우리 고양이…'

---

* 플루메리아 – 새로운 출발, 축복, 추억 등의 꽃말을 가진 열대지역 꽃이다. 하와이에서는 환영의 의미로, 일부 지역에서는 장례와 묘지에 사용된다.

** 하비비 – 아랍권에서 '나의 사랑', '나의 소중한 사람'의 뜻으로 사용된다. 연인, 가족, 친구 사이에 폭넓게 사용된다.

예고 없이 찾아온 손녀딸을 할머니가 반갑게 맞아 주신다.

"앗살라무 알라이쿰*"

할머니가 아네스의 손을 꼭 잡고 진심어린 인사를 한다.

아네스는 어릴적부터 평화를 비는 이 인사를 하고 나면, 목에 가시가 걸린 것처럼 불편했다. 마음에 평화가 없는데, 가식을 떠는 느낌이었다. 오늘은 오랫만에 편안한 마음으로 할머니에게 답인사를 했다. 대학교 기숙사에 살고, 책속에 묻혀 살면서 마음의 평정심이 많이 생겼나 보다. 더군다나 아네스가 유일하게 애착하는 할머니가 아닌가!

"와알라이쿠뭇 살라무**"

"우리 소중한 아네스…금식하며 공부하느라 힘들지? 살이 쏙 빠진 것 같네…"

할머니의 손이 바빠졌다. 할머니는 마당에서 망고와 과일을 따 오셨다. 마당에는 여러 열대과일 나무가 있었다. 망고나무는 아네스가 태어난 것을 기념해 아빠와 엄마가 심으셨다고 한다. 20년이 넘으니

---

* 앗살라무 알라이쿰 - '당신에게 평화가 깃들기를' 축복하는 이슬람식 대표 인사말이다. 살람은 샬롬과 같은 어원이다.

** 와알라이쿠뭇 살라무 - '당신에게도 평화가 있기를'이라는 답인사이다.

그 키도 7미터 이상 돼 보였고, 망고도 30여개 넘게 달리곤 했다. 20년 전에는 흔하지 않았던 카라바오 망고였는데, 다른 종보다 과육이 풍부하고 당도가 높았다. 할머니는 귀한 손님이 올 때 이 열매를 따곤 했었다. 그 때 이 나무를 심으면서 아네스의 풍성한 삶을 기원했을 부모님이 상상되었다.

"아네스야…이거 가져가서 밤에 먹어. 밥 좀 잘 챙겨먹고, 과일도 종종 가져다 먹으면 참 좋겠다…아효, 내 새끼…할미가 얼마나 보고 싶었는데…이 망고 나무는 네 것이니 안 따고 있을게. 네가 언제든 와서 따 가라…"

"네, 할머니. 저 잘 먹고, 잘 지내요. 요즘 젊은이들은 살 찌는 거 싫어해요. 한국 사람들을 따라하는게 유행이라, 날씬하게 몸매도 유지하고 화장도 많이 해요. 히잡 때문에 어짜피 좀 어색하기는 하지만요…후훗"

"그래도, 좀 체격이 있어야 결혼하고 애도 낳고 그러지. 암튼 잘 먹어야 한다. 이따가 할머니가 만든 음식도 좀 싸 줄게."

"너무 감사해요. 할머니…그런데, 이 망고나무…엄마, 아빠가 심은 거 맞죠?

"어어…그렇긴 하지."

“그래서 그러는데…오늘은 엄마 얘기 좀 해 주세요. 저도 이제 어른이잖아요. 엄마에 대해 알고 싶어요. 네…제발요.”

순간적으로 굳어지는 할머니의 표정에 애써 외면하며, 오늘은 물러서지 않으리라 다짐한다. 할머니는 벌써 외출하실 때 지팡이를 짚고 다니시고, 한쪽 눈도 거의 보이지 않으신다. 할머니가 돌아가신 후에는 엄마에 대해 제대로 얘기해 줄 사람이 없지 않은가.

할머니는 말없이 망고를 만지작거리신다. 몇 분이 지났을까? 깊은 생각에 잠기며 차마 아네스를 보지 못하고 입을 여신다. 깊은 회상에 잠기며 눈을 지긋이 감으신다.

“아네스…많이 슬픈 이야기란다. 너도 많이 컸으니, 이제는 알아야겠지. 사실 할머니는 네가 그냥 모르고 살았으면 했었다.”

약간 창백해진 얼굴에 입술이 파르르 떨리는 것을 보며, 아네스도 입술을 꾹 다물며 마음을 다잡았다.

“휴우우우…”

할머니의 빠진 앞니들 사이로 한숨이 세어 나왔다.

“아네스야…할미가 이런 이야기를 하게 되서 마음이 무너진다. 하지만, 정신 잘 차리고 똑바로 들어라. 너는 엄마처럼 되면 절대 안

된다. 사실 엄마는 사고로 죽은 게 아니라, 스스로 목숨을 끊었단다."

할머니는 뭔가 결심한 듯, 주먹을 쥐어 아픈 허리를 지탱하며 이야기를 시작했다. 19년 전 이야기가 시작되었다. 할머니와 아네스는 온동네 사람들이 횃불을 들고 모여 있던 희미한 기억 속으로 들어갔다.

모스크 광장

"동네 사람들…다 모이세요! 이게 말이 됩니까?"

"당장 돌로 쳐라! 바타나의 수치다! 돌로 쳐 죽여라!"

"좀 진정해 보세요. 그래도, 본인 해명을 들어봐야 하잖아요…"

"변명의 여지가 없어요. 증거도 분명합니다."

"너무 충격적이네요. 돌로 쳐 죽여야 합니다."

동네 중앙에 있는 모스크 앞 광장에는 백여명의 동네 어른들이 다 모여 있었다. 그 중앙에는 하갈…아네스의 엄마가 떨리는 몸을 간신히 지탱하며 서 있었다. 동네 장로로 보이는 몇명의 할아버지들이 분노의 눈으로 그녀를 쏘아보고 있었다. 그 중 한 명은 아네스의 할아버지였고, 부들부들 떨리던 회색수염은 점점 세차지는 바람에 흩날리고 있었다.

"어떻게, 어떻게…"

동네 아줌마들과 할머니들은 차마 함께 소리치지는 못하고, 안타까움에 탄식을 연발하고 있었다. 몇명의 어린 자녀들도 있었지만, 큰 소리로 험악한 말이 나올 때 마다 엄마들이 그 귀를 막곤 했다.

육지에서 공부한 젊은 이맘*이 모스크에서 나오자 사람들은 목소리를 높였다.

“이맘, 저 여인을 코란의 명령대로 돌로 쳐 죽여야 합니다! 이교도의 말에 현혹되어 이방 종교를 믿게 되다니요, 이게 가당키나 한 일입니까? 이건 알라에 대한 도전입니다.”

“옳소! 처음부터 외지 사람들과 친하게 지내는 것이 눈꼴 사나웠습니다. 결국은 이런 사단이 나네요. 돌로 쳐 죽입시다.”

“하갈은 처음부터 이상했어요. 육지에서 학교를 다녀서 그런지 말투도 좀 이상하고…암튼 처음부터 우리 마을하고 뭔가 좀 안 맞았어…”

“저도 저 여자가 왼손을 쓸 때부터 알아봤어요. 언젠가는 큰 일을 저지를 줄 알았다니까요. 마을에 더 큰 일이 나기 전에 싹을 잘라내고 염소피로 제사를 지내야 합니다.

---

* 이맘 - 아랍어로 ‘지도자’, ‘모범이 되어야 할 것’의 뜻으로 이슬람의 종교지도자를 뜻한다. 금요일 큰 모임이나 하루 5번의 아잔을 주관한다.

깃털이 달린 홀을 흔들며 나서는 동네의 박수 무당*에 이어, 마을 족장을 두고 경쟁하는 무하마드 가문의 첫째 아들이 더 집요하게 힐난한다.

"라디엔 어르신도 좀 말씀해 보세요. 그 신실한 가문에 이런 일이 있을 수 있습니까? 며느리가 가문에 수치를 주어도 유분수이지요!"

아네스의 할아버지는 고개를 숙이며 침통한 목소리를 냈다.

"정말 뭐라 할 말이 없네. 온 동네가 다 알게 된 이상 나도 가문의 수치를 좌시하지는 않겠네. 다른 어르신들과 이맘의 결정에 따르겠네."

가문의 대표이자 시아버지인 라디엔의 말이 끝나기가 무섭게, 마을사람들의 눈에는 독기가 서렸다. 바다에서 밤 작업을 끝내고 돌아온 사람들까지 더해져, 성난 군중은 더 많아졌다. 함성은 하늘을 찌를 듯 날카롭게 커져갔다.

"마을에 수치를 준 저 이교도를 돌로 쳐 죽여라! 죽여라! 죽여라!!"

"이맘께서 뭐라고 말을 좀 해 보세요."

---

* 무당 – 민속 종교와 혼합된 민속 이슬람(Folk Islam)의 경우 주술, 치유, 축사 등을 하는 무당이 존재하는 경우도 있다.

고개를 끄떡이는 어르신들 사이에, 이런 일을 처음 겪는 젊은 이맘의 눈빛에는 약간의 주저함이 스쳐갔다. 몇 초의 침묵이 길게 느껴지던 그 때…5살, 어린 아네스가 군중들의 다리 사이를 뚫고 하갈에게 달려갔다.

"엄마~~엄마~~엄마!!"
"돌로 쳐 죽여라, 죽여라, 죽여라!!"
엄마를 부르는 아네스의 외침이 군중들의 살기어린 함성에 묻혔다. 인내심이 바닥난 한 젊은이가 멀리서 돌을 던졌다.

"엄마…아아악…!!"
"악…안돼…아네스!!"

하지만, 그 돌은 엄마를 향해 돌진해 나가던 아네스의 어깨를 스치며 떨어졌다. 아네스는 그대로 중심을 잃었다. 쓰러지는 아네스를 엄마가 잡아 올렸다. 초인적인 반사신경이었다. 더 이상의 부상은 없었다. 하지만, 이미 날카로운 돌귀퉁이에 어깨가 쓸려 상의에 피가 번져가고 있었다.

아네스는 숨이 넘어갈 듯 울며 악을 썼다. 하갈은 아네스를 꼭 품에 껴안았다. 마을 사람들이 들고 있던 돌에서 하나 둘 살기가 수그러들어 갔다. 당황한 듯 각종 크기의 돌을 든 손들은 주저하며 축 쳐지기도, 들썩 걸리기도 했다.

"모두 멈추세요! 제가 끝장을 보겠습니다!"

덫에 걸린 듯한 야수처럼 포효와 비명이 섞인 외침이었다.

하갈을 향했던 모든 사람들의 눈이 뒤에서 뛰쳐나오는 하캄에게 일제히 꽂혔다. 하캄의 손에는 초승달처럼 휘어진 칼이 들려 있었다. 벌겋게 충혈된 눈과 찌뿌려진 미간은 흡사 고통을 참아내는 맹수처럼 보였다.

"내가 직접 저 여자를 처단하면 되지 않겠소? 우리 집에서 일어난 일로 여러분의 손에 피를 묻히지 마시오. 지금부터 내일 해지기까지는 성스러운 금요일이니 내일 해가 지는 대로 처리해 가문의 명예를 되찾겠소!"

도시 출신이던 이맘은 그제서야 법적으로 책임을 회피할 명분이 생겼다고 안도하며, 최종 판결을 내렸다.

"마을 어르신들, 그리고 움마 공동체* 여러분. 일단 저 여인을 모스크 첨탑에 내일 저녁까지 가두어 두겠습니다. 아무도 접근하거나 자물쇠를 열어서는 안 됩니다. 열쇠는 저와 하캄만 가지고 있겠습니다.

하캄이 굳은 결심을 한 것을 존중합니다. 하지만, 10년 전과는 다르게 이제는 종교적 명예 살인을 금지한다는 판례가 있습니다. 물론 우리는 세상법에 앞서 샤리아 법**을 따라야 합니다. 위대한 알라께서 저 남편을 통해 저 마녀를 심판하실겁니다. 여러분들은 내일 그저 알라의 앞에서 저 여인과 이방인들을 저주하고, 마을에 알라의 자비를 구해 주시오. 모든 수치는 저 가족이 지고 갈 것이오. 나중에 읍내에서 경찰들이 조사를 온다고 해도, 우리는 모르는 일이오."

그제서야 동네 사람들은 돌을 내려 터덜터덜 놓고 흩어져 돌아가기 시작했다. 흥분을 가라앉히지 못한 몇몇 젊은 사내들은 오토바이 굉음을 내며 자정까지 여는 야외식당으로 향했다.

---

* 움마 공동체 - 아랍어로 '공동체'라는 뜻이다. 이슬람 공동체를 의미할 때 주로 쓰이고, 코란에 자주 등장한다. 처음 세워진 움마는 무함마드의 메디나 국가이다.

** 샤리아 법 - 이슬람교의 율법이며 규범 체계이다. 샤리아는 꾸란과 하디스에 나오는 원칙들과 원리들이며 그 후 판례들과 율법으로 편찬되어 샤리아가 되었다.

위험한 환대

이 일이 있기 반년 전, 하갈의 가족은 배를 빌리러 온 외국인 부부를 만났다. 아네스가 다섯살이 되기 전이었다. 그들에게는 션(Sean)이라고 불리는 아들이 한 명 있었다. 아네스보다 세살이 많았다. 그 가족은 배를 타고 다리 주변과 섬을 한 번 돌아보고 싶다고 했다. 모터가 달린 고기잡이 배를 타고 섬을 한 바퀴 도는 데는 약 2시간 정도가 걸렸다. 반나절 정도 배를 빌리는데, 70달러 정도의 큰 돈을 제안했다. 좋은 제안에 바다에서 밤 작업을 마치고 자고 있던 남편 하캄을 깨웠다. 마침 남편도 앞으로 아네스를 좋은 유치원에 보낼 돈이 필요했다. 행운처럼 찾아온 부업에 기뻐했다.

하캄은 아네스도 함께 데리고 가기로 했다. 사실 하갈은 아네스를 낳은 후에 건강이 좋지 않았다. 하혈을 할 때도 있었고, 관절이 아파 둘째를 갖는 것도 미루고 있는 중이었다. 하캄은 묵뚝뚝한 남편이었지만, 하갈이 쉴 수 있도록 때때로 아네스를 데리고 나갔다.

스콜이 자주 내리지 않는 건기였다. 다행히 4시간 정도 돌아보고 오는 동안 적당히 흐린 날씨였다. 하지만, 여전히 덥고 습해 열사병을 조심했어야 했다.

아니나 다를까 여행객들에게는 무리였다. 돌아온 션이 배멀미와 열사병 증상을 보였다. 하갈은 션이 쉴 수 있도록 나무 그늘 아래 해먹과 선풍기를 내 주었다.

다리 근처에 있는 작은 호텔에 묵는다고 했지만, 바로 차를 타고 떠나기에는 션이 많이 지쳐 있었다. 더군다나 아네스는 션에게 정이 들었는지, 축 쳐져 있는 오빠의 곁을 떠나지 않고 장난감을 가져다 주었다.

"여기 코코넛을 먹여 보세요. 탈수 증상에 좋으니, 먹고 2~3시간 쉬면 잘 회복될 거에요. 해 지기 전에는 출발할 수 있을꺼니까, 저희 집에서 조금 더 쉬었다 가세요."

"네 그래요. 저도 해 질 때쯤에 다시 배를 타고 나가서 일해요. 출발하면서 다리 근처까지 배로 데려다 드릴께요. 간단하게 저녁 같이 먹고 출발하지요."

"아, 감사해요. 부탁드려요. 그럼 30달러를 더 드릴께요."

"아녜요. 아까 70달러로 충분해요. 이제부터는 손님이 아니라 친구로서 하는 겁니다. 하하하."

무슬림에게는 여행객을 환대*하고 대접하는 문화가 있었다. 외국인이 찾아오는 것은 흔하지 않은 일이었기에, 더 친절을 베풀려 했다. 알라 앞에 심판을 받을 때 이러한 선행이 쌓여 있기를 희망했다.

"어머…그럼 너무 고맙지요. 저희가 추운 한국에서 와서 아직 날씨에 적응이 좀 어려운가 봐요. 저도 약간 어질 어질 하네요."

그 외국인 엄마까지 동의를 하니, 아빠도 마음을 놓고 이런 저런 이야기를 시작했다. 완벽히 통하지 않는 영어였지만, 그나마 육지 마을에서 태어나고 영어 교육을 받은 아네스의 엄마가 중간 중간 남편에게 통역해 주었다.

"제 아버지는 다리를 시공하는 엔지니어였어요. 회사에서 공사를 따내면, 세계를 돌아다니시면서 몇 년씩 공사를 하고 오시곤 했지요. 어릴 때는 1년에 한 두 번 얼굴 보는 게 다였어요. 중동 쪽에서도 계셨고, 싱가폴에서 일하신 적도 있어요. 여기 티아란 섬이 마지막 공

---

* 환대 – 무슬림의 나그네 환대문화는 종교적 의무이자, 극악한 사막지방의 환경에서 서로의 생존을 돕는 문화이다.

사현장이었다고 해요. 벌써 20년 정도 되었네요. 아빠 얼굴을 본 것은 21년 전쯤 되는 것 같구요. 제가 열 살 때에 아버지는 티아란 다리를 놓다가 사고로 돌아가셨어요."

"저런 저런…정말 많이 힘드셨겠어요. 저는 육지 쪽 마을에서 태어났어요. 아버지는 어부이구요. 그런데, 티아란 다리 공사를 할 때, 가끔 가서 인부로 일하셨다고 들었어요. 쓰나미가 오기 전까지는요. 그때 마을도 피해를 많이 입어서 쓰나미 이후로는 마을 복구 공사를 하느라 정신 없으셨을 거에요. 혹시 다른 정보는 없으세요?"

"아니요…사실 아버지의 죽음 후에 한국에서 엄마가 많이 충격을 받으셨어요. 계속되는 태풍 때문에 여기로 오는 비행기가 결항되어서, 사고 현장에도 결국 못 오시고…시체를 못 찾아서 무덤도 만들 수 없었어요. 1주일 후에 동료분이 가지고 온 유품을 받고 울기 시작해서, 몇 년간 수시로 눈물을 흘리셨거든요.

다리가 거의 완공 단계여서, 이제 2주일만 더 지나면 남편이 돌아와 함께 살 수 있을꺼라 기다리셨어요. 희망에 가득 차 있던 때였지요. 대청소에 새 이불 준비에 …분주하셨던 기억이 나요. 갑작스런 비보에 아마 마음의 병이 깊이 드셨을 거예요.

그저 하루 하루 살아가기도 벅찼던 것 같아요. 결국 어머니도 제가 고등학교를 졸업하기 전에 병으로 돌아가셨어요…그래서, 자세히 이야기를 들을 기회가 없었네요."

"애구구구…정말 날벼락 같은 일이었네요…"

"나중에 한국에 가면, 좀 알아 볼께요. 저도 궁금해 지네요. 작은 어버지 댁에 아버지의 유품상자가 있었어요. 단서가 있을지 한 번 찾아보아야 겠어요.

저도 고등학교를 졸업하면서 군대에 가고, 외국으로도 갔어요. 두 세 나라를 떠돌다가, 마음을 잡고 늦은 대학 공부도 하고, 그러다 결혼하고…나름 질풍노도 같은 세월을 보냈네요. 이제야 좀 안정되어서 여기를 찾아온 거에요."

"저도 육지에 사는 아버지에게 그 때 일을 한 번 여쭤볼게요. 육지 쪽 맹그로브* 숲 마을에 사세요. 저도 엄마가 3년 전에 돌아가셨고, 아빠가 한동안 좀 멍하게 지내셨어요. 그래도, 요즘에는 다시 결혼도 하셨고, 건강하게 지내시는 것 같아요."

하갈은 뭔가 막연한 공감과 어색함이 동시에 들어 웃음으로 이 자리를 마무리하고 싶었다. 사실 외간 남자와 이렇게 말을 섞어본 것

---

* 맹그로브 - 바닷물에도 자랄 수 있으며, 해안의 자연재해를 예방하는 완충림 역할을 한다. 이산화탄소를 대량으로 흡수하고, 수질을 정화하며 다양한 생태계가 이 안에 존재한다.

도 오랫만이었다.

"저희가 2개월 정도 이 섬에서 푹 쉬려 해요. 좀 떨어진 해변에 있는 티아란 다리 호텔에서 지내요. 아이들도 좀 친해진 것 같은데, 가끔 놀러와도 되지요?"

아네스의 아빠가 알아들었는지, 대뜸 대답을 했다.

"그럼요. 언제든 환영해요. 배도 타러 오시구요."

"네, 저도 그 쪽 해변에 야시장이 설 때에 가끔 가요. 금요일 밤에 우리 엄마끼리 한 번 만나서 놀까요? 아이들은 아빠한테 맡기구요. 호호호"

두시간 후, 생각보다 빨리 회복한 션은 어느덧 아네스와 마당에서 새끼 염소와 놀고 있었다. 태어난지 2주 갓 넘은 염소는 벌써 사뿐사뿐 걸어 다녔다.

션의 가족은 삼 일을 못 넘기고 다시 왔다.

"앗살라무 알라이쿰. 금방 오셨네요? 이틀 동안은 재미있게 지내셨어요?"

가족의 갑작스러운 방문으로 하갈은 히잡을 급하게 쓰며 인사를 건냈다. 집에서는 히잡 스카프 안에 쓰는 속모자만 쓰고 있을 때가 많았다. 속모자까지 완전히 벗고 있으면 편하지만, 마당을 왔다 갔다 할 때 담장 넘어로 가족 이외에 남자와 마주치면 안 되기 때문이다. 밤에 가족들끼리 방에 있을 때는 아무것도 안 쓰고 있을 수 있었다.

“샬롬…안녕하세요? 섬 북쪽에 있는 국립공원도 가보고, 바다에서 스노쿨링도 한 번 했어요. 그런데, 션은 물고기보다 새끼 염소가 더 좋은가 봐요. 계속 보러 가자고 해서 왔어요. 아네스도 다시 만나고 싶어 했구요. 아효효…아네스 잘 있었어?”

“잘 오셨어요. 안 그래도 아네스가 외국 오빠 언제 오냐고 계속 물어봐서, 저도 연락 드려 보려 했어요. 이 동네 사는 사촌 오빠 랑은 별로 안 친하면서 션은 잘 따르네요. 새끼 염소는 부엌 뒤쪽에 염소 우리에 있어요.”

아네스가 션의 손을 잡고 종종거리며 부엌 쪽으로 가고, 두 엄마는 대화를 시작했다.

“션 아빠는 예전에 다리를 놓을 때 현장에서 일했다는 분을 수소문해서 만나러 갔어요. 혹시라도 돌아가신 아버님에 대한 이야기를 들을 수 있을까 해서요.”

"아…좀 쉬셔야 되는데, 많이 바쁘신 것 아닌가 싶네요. 다리가 생기기 전까지 섬 안은 고립되서 이동이 많이 없었어요. 다리 이후로는 외지 사람들도 많이 들어오고, 외지로 나간 분들도 정말 많아졌지요. 저도 다리 덕분에 이 섬 구석까지 와서 결혼했네요…호호호…션 아빠가 필요한 분을 잘 만날 수 있어야 할 텐데…."

"호홋…션 아빠는 가만히 쉬는 걸 힘들어하는 스타일이에요. 그동안 너무 열심히 살았으니 3개월만 쉬자고 설득해서 왔는데, 3일 지나니 벌써 힘들어 하네요. 정말 피곤한 스타일이죠? 아버님의 흔적을 추적하는 일이라도 있으니, 본인은 이 여행이 더 흥미로운가 봐요. 사진도 몇 장 가져왔는데, 거의 완공되어 있는 티아란 다리 앞에서 찍은 사진도 있더라구요. 오늘 가지고 나갔어요."

"네…배가 필요하면 언제든 집으로 전화 주세요. 호텔에도 전화가 되지요?"

"방마다 전화기 있어요. 그럴 게요. 그런데, 아네스는 벌써 히잡을 썼네요? 이렇게 어릴 때도 쓰나 보죠?"

"아 보통은 유치원 가거나, 종교학교에 가기 시작할 때 쓰는데, 다음주부터 라마단이거든요. 라마단이 끝나면 큰 잔치가 며칠동안 있는데, 그 잔치를 위해서 가족 명절 옷을 같이 샀어요. 부모님, 작은집 식구들 모두 보라색으로 맞췄어요. 아네스가 새 옷을 너무 마음에 들어해서 히잡이라도 먼저 씌워 준 거예요. 옷은 명절 때 딱 입어야죠."

"히잡을 쓰면 뜨거운 태양을 막아 주어서 도움이 되겠네요. 그래도, 좀 덥고 답답하지 않아요?"

"습관이 되면 별로 답답하지는 않아요. 청소년이 된 여자들은 피부나 머리카락을 외간남자에게 보이지 않도록 하는 것이 코란에 있는 율법이에요. 현대 사회에서는 좀 어색할 수 있지만, 이슬람 국가에서는 당연하게 받아들여지지요."

"아…그건 좀 불편하겠다. 젊은이들은 미니스커트에 염색한 머리로 쇼핑하다가, 바다에서 비키니 입고 놀고…그러고 싶지 않나? 암튼 사람이 사는 모습은 다 다르니까…하갈…다음에 만나면 이슬람교에 대해 좀 더 알려 주세요. 저도 제가 사는 문화에 대해 말씀드릴께요. 컬쳐 익스체인지…뭐 이런거 해 봐요."

션과 아네스가 아기 염소를 데리고 엄마들에게 왔다. 염소 먹을 것을 달라고 조르면서 잠시 대화는 중단되었다. 하갈은 여린 풀을 가져와 션에게 건내고, 엄마들의 대화는 계속 이어졌다.

이 대화가 한 편으로 보면 불행의 시작이 되었다. 둘은 그 이후 더 자주 만나게 되었고…흥미로운 문화 교류가 시작되었다. 서로의 전통문화, 관습, 언어…이렇게 이어진 대화에서 종교가 빠질 수 없었고, 하갈은 그들의 종교 이야기에도 관심이 많이 갔다.

션의 가족이 떠나기 하루 전, 하갈은 그 호텔에서 마지막 만남을 하고 있었다. 아네스의 아빠는 다리 근처에 하갈과 아네스를 내려주고, 고기를 잡으러 출항했다.

그들에게 어느 때보다도 깊은 대화가 오갔다. 션의 아빠는 세달간 추적한 아버지의 죽음에 대해 이야기 했다. 자연스럽게 죽음과 생명에 대한 이야기로 이어졌다. 천국에서의 영원한 삶에 대해서도 얘기했다. 어머니가 3년 전에 돌아가셔서인지, 천구에 대한 이야기에 관심이 갔다. 당장 죽어도 천국에 갈 수 있다는 외국인들의 확신이 마음을 흔들었다.

결국 그들에게서 성경책 한 권을 선물로 받게 된다.

수치와 쿠르반

할머니에게 들은 엄마의 최후는 끔찍했다. 그렇게 모스크의 첨탑* 에 하루를 갇혀 있었다. 다음 날 아네스는 할머니의 손에 이끌려 모스크의 예배에 갔다. 할머니는 물두덩이에서 정성스럽게 아네스를 씻겼다. 손과 발을 씻기고, 눈과 코와 귀를 씻겼다. 마치 엄마의 수치를 씼어 버리려는 듯 힘을 주어 빡빡 씻겼다. 아네스는 이 때부터 엄마를 찾으며 떼를 쓰기 시작했다.

"엄마!! 으아앙~~엄마 어디있어? 엄마 보고 싶어!!"

악을 쓰며 우는 아네스의 외침이 첨탑까지 들렸다. 엄마의 외마디 외침도 물구덩이까지 들려왔다.

"아…아…아…아네스야. 엄마 여기 있어. 울지 마. 아네스, 아네스,

---

* 첨탑 – 이슬람의 건축양식으로 하루 5번의 기도시간을 알리기 위한 용도로 사용된다. 사람이 직접 올라가 소리치던 과거와 달리, 방송실과 스피커가 설치되곤 한다.

아네스….”

할머니는 모녀의 울부짖음을 외면하며 억세게 손녀를 들쳐 업고, 모스크 안으로 황급히 들어갔다. 저 멀리 맨 앞줄에 아네스의 아빠가 어느 때보다 경건하게 절을 하고 있었다. 메카 방향으로 향한 모스크에서 장거리 신호라도 쏘아 보내 듯, 이마로 바닥을 연신 쿵쿵 찧고 있었다.

오후 1:30. 동네 사람들이 거의 다 모였다. 예배가 시작되었지만, 아네스의 울부짖음은 멈추지 않았다. 할머니는 결국 아네스를 들쳐 업고 집으로 종종걸음을 칠 수밖에 없었다. 아빠는 비장한 결심을 한 사람처럼 어금니를 꽉 물고 집례하는 이맘을 뚫어지게 쳐다보았다.

이날 마을 사람들의 샤하다*는 마치 시위대의 구호와 같이 우렁찼다. 하갈의 일탈이 마을 사람들의 신앙적 단결을 촉발한 듯했다.

“알라외에 다른 신은 없습니다!! 무함마드는 그분의 사도입니다!!”

저마다 알라에게 충성 맹세를 하며, 어느 때보다 격정적인 예배로

* 샤하다 - 이슬람교의 신앙 고백 구절로, “알라외에 다른 신은 없습니다. 무함마드는 그분의 사도입니다.”라고 하는 구절로 된 고백이다. 일부 이슬람 국가의 국기에도 쓰여져 있다.

진행되었다. 하캄은 군중의 억눌러진 분노에너지를 그대로 흡수하고 있는 듯했다. 주먹에 점점 힘이 들어가 부들부들 떨리고 있었다.

이맘도 마을 사람들의 마음에 흡족할 만큼 강력한 메세지를 전했다.

"알라는 심판자입니다. 지하드*는 알라의 심판을 우리 무슬림들이 대신하는 것이에요. 현대의 법체계에서는 배신자를 임의로 죽일 수 없지만, 우리의 마음속에서는 지하드가 일어나야 합니다. 이것이 알라가 명하는 영적 전쟁입니다. 알라가 심판할 배신자를 용납해서는 안됩니다. 이미 알라에게 돌아올 기회를 주었는데, 돌이키지 않는 사람은 움마 공동체에 있을 수 없습니다. 코란에서 알라는 배신자를 죽이라 명했습니다."

금요일 큰 모임이 끝난 후 황급히 나가는 하캄을 향해 동네 사람들은 비난의 말들을 쏟아냈다. 여전히 분노에 차 있고, 심판을 종용하는 말들이었다. 하캄은 아무런 대답도 하지 않고, 뛰쳐나갔다.

"하캄의 아내가 외국 종교 서적을 숨겨 놓고 보고 있었는데, 제수

* 지하드 - 아랍어로 고투 혹은 분투를 의미한다. 성전(종교 전쟁)은 지하드에 포함되는 내용이기는 하지만, 지하드와 성전이 동의어인 것은 아니다. 유혹에 대한 영적 전쟁도 광범위하게 포함된다.

씨가 발견했다면서?"

"그러니까, 그 전부터 하갈의 행동이 이상했었대. 외국인들과 다니면서 이상한 공부를 했다네…글쎄…"

"아네스에게 그 외국인들이 사이비 마술을 걸었다는 말도 있던데? 그래서 딸도 이미 정상이 아니라고 하더라고…"

"그러니까…앞으로 모스크에 나가지 말고, 코란도 읽지 말라고 했다더라고…하캄의 동생이 워낙 신실하잖아. 그런 얘기를 듣고 가만히 있을 사람이 아니지."

"그래도, 형수를 그렇게 신고하다니… 마음이 편하지는 않았을 거야. 그러니 더 대단하지. 앞으로 저 집안은 동생이 끌고 나가야 겠구만."

"하캄은 장자로써의 권리를 다 뺏기겠지. 아내를 잘 못 관리해 가문에 이런 수치를 주었으니…쯧쯧쯧…"

하캄은 부모님을 모시고 살던 터라 집에 있을 수가 없었다. 부모님도 동네 어르신들이 찾아와 위협적인 말투로 설명을 요구받고 있었다. 골똘히 생각하던 하캄은 아네스를 할머니에게 맡기고, 집에서도 뛰쳐 나갔다.

뒤뜰에 창고와 염소 축사를 둘러본 후 바다가로 가서 배를 띄웠다. 다리를 향해 배를 몰고 간 하캄은 몇 시간만에 집으로 돌아왔다.

붉은 피처럼 물든 노을을 등지고 돌아온 하캄은 말을 잃어버린 사람 같았다.

"아들아, 아네스가 아무래도 좀 안 좋다. 울다 울다 지쳐 잠이 들었는데, 열이 올라가고 있어. 코코넛 물을 먹이고 몸을 닦아주고 있다. 너도 알라에게 기도해라. 이따가 더 안 좋으면 무당에게 가보고 올께."

"……"

석양을 등진 하캄의 얼굴에는 섬뜩한 그늘이 드리워 있었다. 그물 창고와 부엌에서 주섬주섬 무엇을 챙기고 뒤뜰로 갔다.

"꾸우우우우웅…"

희생제사*를 드리려는 것인가…하캄은 초승달 칼을 들어 새끼 염

* 희생제사(쿠르반) – 이슬람의 명절에 가축(양, 염소, 소, 낙타 등)을 잡고, 그 고기를 나누는 종교적 의식. 메카 방향으로 머리를 두고 참수하며, 피를 뺀다. 아브라함이

소 한 마리를 순식간에 참수해 버렸다. 외마디 비명을 질렀다. 이윽고 그렁그렁 목에서 피를 쏟고 있는 염소를 우리 안에서 어미 염소가 처연하게 바라보고 있었다. 새끼 염소 대신 어미 염소의 울부짖음이 터져 나왔다. 꿈뻑 거리는 어미의 큰 눈동자는 흠뻑 젖고, 높은 데시벨의 신음 소리를 내며 쿵쿵 문을 밀어 제치려 힘을 주고 있었다.

버둥 거리던 염소가 축 늘어지고, 하캄은 선혈이 묻은 칼과 물건들을 배낭에 챙겨 모스크로 뛰어갔다.

"타타타타닥…"

잠겨진 첨탑 문 앞에 섰다. 모스크 첨탑에는 하갈의 신음소리가 새어나오고 있었다.

"아네스…아네스…아아아…."

어미 염소처럼 아네스에게 닥칠 검은 그림자를 본능적으로 느끼고 있는 것일까?

자물쇠를 열자, 문에 기대고 있던 하갈이 쓰러지며 문이 활짝 젖혀졌다. 이맘의 판결처럼 이제 진행될 일은 마을이 모르는 일이어야 했다. 하지만, 모스크에 저녁 기도를 드리러 온 몇몇은 아직 남아 멀리

아들 대신 예비된 양을 잡아 제사했다는 이야기를 기반한다.

서 그들의 실루엣을 지켜보고 있었다.

하캄은 낮은 소리로 하갈에게 심판의 말을 전달하는 듯했고, 거칠게 그녀를 끌고 나갔다.

세명의 마을 남자들은 한시간 남짓 집요하게 뒤쫓았다. 해변으로 향하는 고개를 넘어 티아란 다리로 가는 모습을 추적했다. 8시30분이 넘어가면서 초승달 빛이 약해지자, 어둠이 짙어졌다. 어둠만큼이나 침묵도 낮게 드리웠다. 두사람은 이상하리만큼 아무런 대화가 없었다. 하갈이 돌부리에 걸려 넘어지려 할 때도, 그저 팔을 붙들어 세우고 계속 가게 할 뿐이었다.

세명의 남자들도 어둠속에 모습을 숨기고, 멀찍이서 조용히 따라갈 뿐이었다. 고통스러운 행진과 미행으로 다리에 다다랐다.

"쉑쉑~퍼드득 퍼드득…"

완전히 어둠이 드리웠고 바다 바람이 꽤 불어왔다. 오늘 밤 태풍의 영향권에 들어간다는 일기예보가 있었다. 태풍전야 금요일 밤은 배도 차도 거의 다니지 않았다. 하캄은 하갈을 앞세워 다리 중간까지 갔다. 미행자들의 발걸음은 다리 입구의 수풀에 멈췄다. 몸을 숨겨 은밀한 시선으로 지켜보았다.

"아아아악…풍덩…"

먼 발치에서 바라보던 남자들의 눈에 하갈이 비명을 지르며 바다에 빠지는 것이 보였다. 그 전에 실랑이가 벌어지고, 외마디 비명도 있었다. 더 자세히 보려 했지만 거리가 멀고 어두웠다. 태풍의 전초부대는 음산한 바람을 뿜어내고 있었고, 이미 험하게 일렁이는 바다는 목구멍으로 그녀를 삼켜 버렸다.

"어어어어…여보게…하갈이 바다에 빠졌나 보네. 구조하러 가야 하는 거 아냐?"

"이 사람, 미쳤나? 저 마녀를 구조했다가 한 패로 몰리려고?"

"이미 글렀어! 이 파도에 맨몸으로 살아남기는 어렵지. 하갈이 스스로 뛰어내린 것 같기도 하고. 암튼 태풍이 오니 시체를 찾기도 글렀네 그려."

그들의 목소리는 점점 더 낮아 졌다.

"우리가 미행했다는 것은 일단 비밀로 하자고. 법이 점점 구려져서, 이제 명예 살인에 동조나 방조를 해도 몇 년씩 징역을 살아야 한다네…괜한 일에 얽히고 싶지 않네."

"그럼 하캄이 돌아오기 전에 빨리 마을로 돌아가세…"

하캄은 점점 험악해지는 바람을 맞으며 멍하니 검은 바다를 바라봤다. 꽤 시간이 지난 후에는 알라에게 기도를 하는 것인지, 교각 앞에서 무릎을 꿇고 흐느꼈다.

다음날, 날이 밝기 전 마을에는 이미 소문이 돌았다.

"하갈이 벌써 죽었다면서?"

"그러니까, 어제 밤에 다리에서 떨어져서 죽었대…끔찍해라…천벌을 받았네 그려."

"위대하신 알라께서 직접 심판하신 거지 뭐. 죽어서도 천국으로 못 건너가고 다리에서 미끄러져 지옥불로 떨어졌겠구먼…쯧쯧쯧"

"하캄이 하갈에게 알라에게 신앙고백을 다시 하든지, 아니면 죽어서 가문의 명예를 지키라고 위협했다고 하더라고."

"진짜? 그걸 어떻게 알아. 하캄은 입을 꾹 다물고 있는 것 같던데…"

"어제 몰래 따라가서 그 장면을 본 사람만 서너 명이 있대. 이제 해 뜨면 곧 수색도 나간다 하던데?"

모스크 광장에는 이맘과 몇몇 마을 남자들이 모였다. 이맘은 하캄과 그의 동생도 불러오라 했다. 우비와 손전등을 챙겨 각자 오토바이를 타고 다리로 출발했다.

바람은 심해졌지만, 아직 비는 본격적으로 오지 않았다. 파도가 교각을 때리는 소리가 처절하게 들려왔다. 수면에서 20m 정도 되는 높이지만, 높은 파도는 제물을 삼킨 바다 괴물처럼 송곳니를 드러내고 포효하고 있었다.

두시간 정도 수색을 하는 동안 그들은 몇 가지 증거물을 수집할 수 있었다.

"이맘님, 지금 철수해야 해요. 엄청난 비구름이 몰려오고 있어요. 이번 태풍은 정말 만만치 않을 것 같은데요."

"시체는 못 찾았지만, 이런 파도에 살아남을 가능성은 전혀 없겠어요. 이미 떨어지기 전에 부상까지 입은 것 같은데… 자, 이제 철수합시다."

수색을 마친 오토바이들이 모스크에 도착할 때쯤 비바람은 본격적으로 몰아쳤다. 어제의 처절한 상황과 절규가 전해지는 듯했다.

"알라가 노했나 봐요. 이런 태풍이라니. 묶어 놓은 배들이 뒤집히지 말아야 할텐데…"

"인샬라. 알라가 보호하실 거요."

모스크에서 기다리고 있던 마을 어르신들에게 이맘은 확신을 가지고 말했다.

"어르신들. 하갈이 마을의 수치를 다 짊어지고 바다에 빠져 죽었습니다. 알라에게서 도망치려고하던 하갈은 헛된 소망을 품었던 것 같아요. 아니면, 악한 영에 속아 자살을 했거나요. 이는 명예 살인도 아니므로, 아무도 법을 어긴 것이 아닙니다. 알라는 심판하셨고, 마을은 명예와 평화를 회복하기 원합니다. 하캄도 책임을 다 했으니, 자숙한 후에 새로운 시작을 할 수 있도록 도와줍시다."

상기된 얼굴로 넋이 나간 듯 서 있던 하캄의 옆구리를 동생이 쿡 찔렀다. 하캄이 그제서야 침통한 목소리로 말문을 열었다.

"아내의 일로 많은 분들에게 심려를 끼치고, 알라의 명예를 더럽혀서 죄송합니다. 앞으로 더 알라에게 충성된 삶을 살아가도록 하겠습니다. 수치를 안고 사라진 아내의 장례는 치루지 않겠습니다. 여러분도 잊어 주세요. 다만 아네스에게는 이 일이 상처가 될 수 있으니, 엄마는 그저 사고로 죽은 것으로 이야기하시면 좋겠습니다."

여기까지…할머니에게 이 이야기를 들은 아네스는 심장이 큰 바위에 깔린 것 같은 충격을 받았다.

아네스는 마음속으로 외쳤다.

'명예? 명예라고? 그 따위 명예는 돼지에게나 줘버려!!'

아스 시라트 다리

금요일 밤의 티아란 다리는 고요했다. 할머니에게 19년 전 엄마의 죽음에 대해 듣고 온 아네스는 심장이 미친듯이 뛰어 견딜 수가 없었다. 블랙홀처럼 검푸른 바다를 내려다 보니, 모든 감정과 영혼까지 빨려 들어가는 것 같았다. 오른쪽 어깨 흉터 위로 히잡을 고정시킨 브롯지를 만지작거렸다.

"엄마…이제 이 브롯지 밖에 없네… 엄마를 느낄 수 있는 건…"

5개의 꽃잎을 검지 손가락으로 쓰다듬었다. 엄마품의 부드러운 촉각을 조금이라도 느껴 보려 한다. 다리 밖 허공을 응시했다. 아네스는 무엇엔가 이끌리 듯 시선을 바다위로 떨구며 대화를 시작했다.

"엄마…얼마나 외로웠어? 바닷물이 꽤 차고, 거칠었을텐데…많이 괴롭지 않게 갔으면 좋았을 것을…너무 힘들었겠다…흑흑흑…"

낮은 흐느낌은 점점 통곡의 절규로 바뀌어 갔다. 마을 사람들에게 받은 차별과 아빠의 외면…그 쌓인 감정들이 엄마의 고통과 뒤섞여 거대한 슬픔의 파도가 몰려왔다. 마음속에도 깊은 심연이 생기는 것처럼 복잡한 감정이 가라앉고 있었다.

"이쯤이 엄마가 바다로 떨어진 곳일꺼야. 엄마. 난 엄마가 수치스럽지 않아. 마을사람들 모두가 엄마를 욕해도 나에게는 하나 뿐인 엄마야. 나를 많이 사랑해 주었을 엄마야. 엄마를 만지고 싶고, 얘기하고 싶고, 안기고 싶어. 흐으어어엉…엄마…"

"아네스…아네스…정말 사랑스럽게 컸구나…"

바다속 깊은 곳에서부터 밝은 빛이 떠오르더니, 상상속 엄마의 실루엣이 영상처럼 그려지며 말을 건내었다.

"엄마…엄마…어떻게 지내세요…어디에 계신 거에요?"

"아네스…걱정하지마, 엄마는 잘 지내고 있어. 엄마도 너를 만지고, 안아주고 싶지만 그러지 못해 마음이 아파. 하지만, 이렇게 너를 지켜볼테니 너무 슬퍼하지 말고 잘 지내거라."

“엄마…사실 나 많이 힘들어요. 마을사람들도 나를 이상하게 불편해하고, 친척들도 저를 미워했어요. 아빠도 나를 피하고…흐으윽…그럴 때마다 엄마가 너무 보고 싶었어요.”

“아네스야, 난 너를 알아. 넌 엄마에게 온 세상이었어. 눈부신 빛이었어. 엄마가 너를 떠날 수밖에 없어서 너무 미안해. 너를 너무 너무 사랑하지만, 어쩔 수 없었어. 아네스 주위에 아름답고 착한 사람들이 함께 하기를 멀리서 기도한단다. 천사들이 너를 지켜 주실거야.”

“엄마, 예전에는 책 속에서 엄마를 만나곤 했어요. 현실은 너무 힘들고…그래서, 계속 책을 읽었어요. 책 속에서 엄마와 대화하곤 했는데…오늘은 이렇게 다시 엄마를 만날 수 있어서 너무 행복해요. 그런데, 만나고 있어도 엄마가 너무 그리워요…손을 한 번 만 잡을 수 있다면…”한참을 상상속의 엄마와 대화하고 있었다.

하지만, 기류가 바뀐 것을 뺨으로 느끼며…하나, 둘, 셋… 아네스는 불안한 카운트를 시작했다.

빠아앙…빰빰빰빰…끼이이이익…

‘칼릴! 칼릴이다!’

심장이 요동친다. 금요일 밤의 고요함을 뚫고 날카로운 금속성의 소음이 바닷물에 그려진 엄마의 실루엣을 헤집어 버렸다. 엄마의 온기도 목소리도 바람에 날려 버렸다.

“야야!! 아네스!! 너!! 너 잘 걸렸다. 이 야밤에 여기서 뭐하고 있는 거야?

공포영화처럼 나타난 그의 등장에 팔목부터 온몸의 털이 쭈뼛 해졌다. 삼총사라고 불리던 동네 양아치 친구 두명과 함께 야간 라이딩을 즐기던 것 같았다.

칼릴은 작은아버지의 첫째 아들이다. 어렵게 임신 되었던 아네스는 6개월 정도 먼저 태어난 그를 오빠라고 불러야 했다. 어릴 적부터 동네 골목 삼총사로 악명을 떨치던 그는 크고 작은 사고를 치곤 했다. 길고양이들을 잡아 괴롭히고, 바닷가에서 코코넛을 두고 원숭이들과 전쟁을 벌이기도 했다. 그 전쟁에서 갑자기 달려든 원숭이가 눈 옆을 할퀴었다. 지금도 남아있는 네 줄 흉터 때문에 그의 인상은 더 잔인해 보였다.

“아네스…이거 3년 만인가? 오늘 할머니가 너 동네에 왔다 갔다고 하시던데…왜 오빠한테 인사를 안 하고 갔냐?”

“어…어…글쎄…그냥…그게 오빠가 모스크 가느라고 없어서 못 만난거지. 다음주 시험이라 할머니만 잠깐 뵙고 와야 했어. 미안…"

속에도 없는 사과를 해야 이 상황이 빨리 끝날 것을 알기에, 그녀는 습관처럼 자존심을 땅바닥에 던져 버렸다.

"야…콜라병…그래도 동생이라고 이렇게 보니 반갑다. 요즘도 다 먹은 콜라병을 보면 물 속에 가라앉는 네가 생각나더라. 역시 대학생이 다르긴 다르구나. 시험 기간도 있고…하긴 대학 못 갔으면, 내 친구와 결혼했을텐데…그러면, 내가 괴롭히지도 못하고 아쉬웠겠다. 이제 자주 봐야지? 나도 너네 대학 투어도 좀 시켜 줘라"

"아…어…응…한 번 놀러와. 그런데, 학기중에는 너무 바쁘고, 방학때는 기숙사비 내려면 아르바이트를 해야 해서 쉬는 날이 거의 없어."

"아네스, 넌 어떻게 대학생이 핸드폰도 없냐? 핸드폰 있는데 나한테 안 가르쳐 주는 건가? 암튼 앞으로 그 대학에 갈 일도 종종 있을 것 같다. 얼굴 보자고."

핸드폰이 든 가방을 살짝 뒤로 감추며 아네스는 선뜻 대답을 못했다. 이로 몇 초간 어색한 침묵이 흘렀다. 칼릴의 입꼬리가 올라가는 듯싶더니…친구들을 먼저 가라고 손짓을 한다.

“할리, 파룰…너희 먼저 가라. 나는 사촌동생 좀 데려다 주고 가야겠다.”

빵빵…알아들었다는 듯 클락션을 울리고 출발하는 엔진소리가 아네스를 혼미하게 만들었다.

칼릴은 오토바이를 인도로 끌어올려 세우고, 시커먼 그림자를 앞세우며 다가왔다. 그늘진 얼굴에 음흉한 미소가 번득였다.

“아네스, 근데 너 여기가 어딘지 알고 와 있는 거야?” “……”

“여기 너희 아빠가 너희 엄마 죽인 곳이잖아? 안 무섭냐? 이 밤에 여기 혼자 와 있다니…머리가 어떻게 된 거 아니야? 아니면 너도 죽고 싶은 거냐?”

“칼릴!! 그게 무슨 소리야? 거짓말 하지마!! 아빠가 엄마를 죽였다니? 할머니는 엄마가 여기서 사고로 돌아가셨다고 하셨는데…?”

“야…그건 버전 1이고…노인네에게 그렇게만 들은 거야?”

“사실…아니…할머니는 사고가 아니라 여기서 자살했다고 하셨어. 하지만, 나는 엄마가 실수로 떨어지셨을 꺼라고 생각해. 어린 나를 두고 자살 생각을 하지는 않으셨을꺼야!”

“아이고…노인네…버전 2까지는 얘기하셨구만… 그래, 그게 마을 사람들이 대체로 알고 있는 이야기지. 아네스, 너도 이제 성인이 되었으니, 진실을 알아야지? 네 엄마가 외국 이방신에 씌워서 마녀가 된 것은 알고 있냐?”

“….”

마녀라는 말에 아네스는 화산 같은 분노가 가슴에서 솟구쳐 나왔다. 어릴 적 수영을 못하는 아네스를 바닷물에 빠뜨려 거의 죽기 직전까지 장난을 쳤던 칼릴…잔인하게 길 고양이와 닭을 싸움 붙이던 그였다.

‘나까지 여기서 저 악마에게 당할 순 없어!’

아네스는 모든 에너지를 끌어내 기절할 것 같은 정신을 추스렸다.

“너희 아빠가 반은 정신 나가서 여기까지 네 엄마를 끌고 왔었나봐. 허리춤에 초승달 칼*도 차고 말이야. 본인은 생각이 잘 나지 않는다고 변명했지. 하지만, 다음날 수색을 했던 우리 아빠는 피묻은 칼과 곳곳에 흥건하게 뿌려있는 핏자국을 분명히 봤었단다. 찢어지고 피묻은 히잡도 난간에 끼어 있었고…네 아빠가 칼로 찌르고, 바다로

---

* 초승달 칼 - 마호멧이 천사로부터 첫 계시를 받을 때 하늘에 있던 초승달처럼 휘어진 칼. 이슬람의 상징인 초승달을 닮아 대표적인 전통 무기로 여겨진다.

던졌다는 걸 증거가 말하잖냐? 명예살인이 법으로 금지되어서 벌 받지 않으려고 비겁하게 거짓말까지 한 거지."

"아~~악!! 그만해!! 아빠가 좋은 사람은 아니지만, 그 정도로 잔인하진 않아! 본인이 수치스럽다고 가족을 죽일수가 있어? 지어낸 얘기 그만해!!"

"수치? 수치는 큰 아빠뿐 아니지. 가문의 수치! 마을 전체의 수치이지! 그런데 그 수치를 시작한 사람이 누구인지 아냐?"

"흐읍…흐읍…흐으으읍…"

이미 숨이 가빠지고 패닉이 온 아네스는 아무 말도 못하고 땅바닥에 털썩 주저앉아 겨우 거친 호흡을 할 뿐이었다.

'나?'

하나, 둘, 셋…

칼릴의 그르렁대는 말이 흉기가 되어 폐부를 찔렀다.

"바로 너야, 아네스!! 네가 그 외국인 남자애에게 홀려서 맨날 같이 놀려고 했잖아. 그러니까 네 엄마가 그 이교도들을 더 많이 만나게 되고, 결국 그 이방 신에게 홀려서 마녀가 된거야…알겠냐? 네가 원조 꼬마 마녀였던거지…이 사악한 계집애."

그제야…왜 칼릴이 자신을 길고양이 다루듯 잔인하게 굴었는지, 마을 사람들이 자신을 그림자 취급했는지, 엄마 하갈이 왜 금기어였는지 … 벼락처럼 뇌리에 전해왔다. 수치의 사슬은 그렇게 연결되고 있었던 것이다.

“야…이 미친놈아. 꺼져버려…왜 가만 있는 나에게 돌을 던져?”

“이 미친년이! 여전히 마녀로 컸구나? 대학 가더니 간댕이가 부었냐? 완전 건방져 졌네. 너 여기서 죽고 싶냐?”

칼릴이 오토바이에서 내려 양쪽 어깨를 휘돌리며 다가왔다. 우두둑…기분 나쁜 소리가 났다. 흉터 옆에 날카로운 눈이 번득였다. 아네스는 초식동물처럼 본능적으로 뒷걸음을 쳤다. 쿠궁…바위 같은 교각에 등이 부딪히자 더 이상 물러날 곳이 없었다.

“다가오지 마!! 더 다가오면 여기서 뛰어내려 버릴꺼야!! 나 죽는 꼴 보기 싫으면 그냥 가…이제 마을에는 절대 안 갈테니까…더이상 날 괴롭히지 마!!”

아네스는 난간 사이 발을 걸칠 수 있는 틈새를 딛고 한 단을 올라가, 죽을 힘을 다해 외쳤다. 적의로 충혈된 칼릴은 한참을 째려보다 가래를 모아 탁 뱉으며 뒤돌아섰다.

"야!! 니 엄마가 죽은 곳에서 너도 죽으면 정말 볼 만하겠다. 난 갈 테니 죽더라도 나 없을 때 죽어라…너 같은 게 내 앞길에 방해가 되면 안 되니까 봐주는 거야. 너 운 좋은 줄 알고, 알라에게 감사해라."

부르릉…빵… 덜덜덜덕…

칼릴의 오토바이가 출발하자, 초인적으로 버티던 두 다리가 턱 풀리며 아네스는 난간에서 미끄러져 떨어졌다. 무릎에 이어 엉덩이를 찧으며 얼얼함을 느꼈다. 순간적으로 아네스에게는 아스 시라트 다리가 기억을 스쳤다. 지옥불을 건너가는 다리. 칼보다 날카롭고 머리카락보다 가늘고 미끄러운 이 다리를 건너는 사람만이 천국으로 갈 수 있다. 대부분의 사람들이 미끄러져 지옥불로 떨어지는 다리.

"이 다리는 저주야. 엄마를 집어 삼키고, 나까지도 집어 삼키려 하다니. 알라에게 감사하라고? 아니!! 이런 저주의 다리를 만든 것이 알라라면, 나는 이제 알라를 떠날꺼야!!"

실성한 사람처럼 허공에 따지듯 외쳤다.

"알라…당신은 도대체 누구요? 당신의 위대함을 증명하기 위해 사람들을 도구로 사용하는 거요? 복종하지 않으면 죽음과 지옥! 아무리 복종해도 천국은 당신의 마음에 내키는 대로…인샬라? 당신은 왜 우리 엄마를 비참하게 죽게 만들었나요? 그게 당신의 명예를 지키는 치졸한 방법인가요? 그게 사람들을 복종하게 만드는 당신의 폭력적인 방법인가 말이요!!

난 이제 당신에게 불복하겠어!!"

아네스의 눈에는 녹슨 교각에 빛바랜 핏자국이 보이는 듯 했다. 교각에 처얼썩 거리는 파도소리는 풍덩하고 누군가 바다에 빠지는 소리로 갈무리되어 들렸다. 교각 위에 올라간 엄마의 모습이 상상되었다. 교각은 아스 시라트(As-Sirāt) 다리처럼 위태롭고 미끄러웠다. 벌게진 야수의 눈을 하고 있는 남편을 바라보며 흰 꽃잎처럼 다리 아래로 떨어져 간다. 파도는 지옥의 불바다처럼 그녀를 덮었다. 먹잇감이 떨어지자 수많은 머리를 가진 바다괴물이 다가와 엄마를 바닷속으로 끌고 들어갔다. 수많은 입이 물어 뜯어…시뻘건 피가 분수처럼 수중에 퍼져간다. 파도가 붉게 물든 바다를 휩쓸고 지나간다.

그날의 망상에 휩싸인 아네스의 마음에는 폭풍우가 몰아쳤다. 우르렁 거리는 돌풍이 가슴을 터질듯이 압박했다. '네가 엄마를 죽인 거야' 칼릴의 저주가 내면에 떨고 있는 어린 아네스를 짓밟았다. 죽음보다 더 깊은 고통에 휩싸인 아네스는 덜덜 떨리는 두 손으로 돌난간을 잡고 다시 그 위에 올라섰다. 플루메리아 브롯지를 떼어 난간 위에 고이 놓았다. 이제…조금만 발을 내 딛으면 바다다.

'앗…유서! 유서를 남기고 죽어야 칼릴에게 복수를 할 수 있어…! 어어어어…아악!'

갑작스런 생각에 균형이 흐트러졌다. 다시 맥이 탁 풀리며 난간 아래로 쿵 하고 떨어지는 순간 암흑속으로 빨려 들어갔다.

'으으으…으으으윽…'

몇 분이 흘렀을까…아네스는 가까스로 정신을 차렸다. 덜덜 떨리는 왼쪽 다리를 움직여 보려 했다. 감각이 느껴지지 않았다. 짭쪼름한 맛이 느껴져 얼굴을 만지니 히잡 속에 뜨끈하고 찐득한 것이 흘렀다. 피를 보자 공포에 다시 정신을 잃었다. 몇 시간, 아니 며칠이 지났는지…아네스는 병원침대 위에서 힘겹게 눈을 떴다.

"아…학생. 정신이 들어?"

"네. 아파요. 머리가 깨졌나 봐요…아…아…"

"뇌진탕이야. 다른 곳도 좀 찰과상과 타박상이 있긴 한데…그래도 병원에 빨리 와서 조치가 잘 되었어."

"정신을 잃었었는데…여긴 어디죠?"

"티아란 대학병원이야. 응급실. 한 외국인이 차로 데려다 주었어. 제일 가까운 응급실이 여기니까…그 외국인이 최대한 빨리 다시 온다고 했는데…아직 안 왔네. 그런데, 다리 위에서 뭐를 하다 이렇게 다친거야."

"아녜요…그냥 어지러워서 쓰러진 거에요. 이제 괜찮은 것 같으니까, 그냥 갈께요."

"아직 안 돼. 우리 학생인 것 같은데, 보험이 될 테니까, 병원비는 걱정하지 말고…응급처치는 했지만, 오전에 CT 찍어보고, 내부 출혈이 없는지 좀 보자고. 아직 새벽이니 한 숨 푹 잘 수 있게 수면제를 줄게."

사고 당시가 아련히 생각났다. 머리를 만져보니 붕대만 만져지고 히잡이 벗겨져 있다. 깜짝 놀라 주변을 보니 가방위에 히잡 레이스가 보였다.

"어, 여기 히잡에 붙어있던 브룻지 보셨어요? 플루메리아 모양인데…"

"아니, 아무것도 없었는데. 어쩌나…"

아네스는 수면제를 먹는 척을 하다 쓰레기통에 버렸다. 1시간쯤 잠든 척을 하다, 간호사가 없는 틈을 타서 병원을 나와 버렸다. 브룻지를 찾기 위해서…다시 다리로 가려 했지만, 몸 상태가 그렇지 않음을 곧 깨달았다. 억지로 두다리를 끌고 10분 거리를 걸어 기숙사로 갔다. 가는 길에 롤로를 불렀다. 오늘은 누구라도 필요했다. 롤로를 기숙사로 안고 들어갔다.

매캐한 냄새가 나는 매트리스 위에 몸을 던지자 기절하듯 잠에 빠져들었다.

프리스비

하나, 둘, 셋…위험을 직감하고 본능적으로 두 손을 올렸다. 머리를 감쌌다. 손이 히잡 위에 닿자 다시 통증이 올라왔다.

응급실을 탈출한 날 오후에 다시 병원 진료를 받았다. 다행히 내부 출혈은 없어 통원치료로 약 처방을 받았다.

1주일 정도가 지난 지금까지 온 몸의 멍은 남아 있었다.

쓔우우웅…투두두탁.

아네스의 앞에 형광색 원반 하나가 떨어졌다. 그 사고 이후 아네스는 더 깜짝 깜짝 놀라곤 했다. 파다닥 경기를 일으킨 아네스는 무릎 위에 있던 책을 바닥에 널쳐 버렸다.

"괜찮아요?"

머리를 감싸고 있는 아네스의 앞으로 뛰어온 그림자는 덥석 책을 집어 아네스에게 주었다.

"정말 미안. 원반 때문에 많이 놀라셨죠? 프리스비라고 그리 위험한 건 아닌데…그래도 많이 미안해요."

"글쎄…그냥…괜찮으니 좀 뒤로 물러서 주시죠."
아네스는 평소와 다르게 날카로워진 목소리로 답했다.

이곳은 아네스가 책을 읽을 때 제일 선호하는 장소이다. 도서관 앞쪽에 운동장과 이어지는 통로 옆 벤치…큰 야자수가 그늘을 만들어 주고, 살랑이는 바람이 통로를 통과하며 시원했다. 오래된 선풍기가 시끄럽게 돌아가는 도서관보다 오히려 몰입할 수 있었다. 전 캠퍼스에 소문난 책벌레였기에 누구도 터치하지 않았다. 방해받지 않고 책을 읽을 수 있던 장소인데, 오늘은 상황이 좀 달랐다.

남자는 원반을 집어 들고 몇 걸음 뒤로 물러났다. 태양을 등진 실루엣에 빛의 테두리가 생겼다. 남자는 원반을 경쾌하게 친구들에게 던져 주고 말을 이어갔다.
"자주…여기서 책을 읽던데…오늘은 운동 한 번 같이 하면 어때요? 저기 우리 팀에 여학생들도 많이 있어요."

자신의 일상이 들켜버린 것 같은 불쾌함이 느껴졌다. 동시에 관심을 가지고 자신의 일상에 다가와 준 것 같은 설레임도 뒤엉켰다. 약간 낯익은 외국인 청년의 목소리는 매너 있고 끌림이 있었다. 땀을 흘리면서 미소를 띈 모습에 아네스의 철벽이 약간 흔들리는 듯했다.

하지만, 순간 다시 불길한 느낌.

"아악…"

하나, 둘, 셋…

"어어어…선우! 조심해!"

아네스의 비명과 친구들의 외침에 선우는 뒤를 돌아보았다. 친구들이 원반을 서로 돌리다가 장난스레 다시 던진 원반이 고개 숙인 아네스 쪽으로 직진하고 있었다. 다다다다…휘익…쭈욱…본능적으로 그는 점프하며 아네스를 막아섰다. 동시에 왼손으로 프리스비를 아슬아슬하게 받아냈다.

"꺄아아악…!!"

아네스는 놀라 소리를 쳤고, 두 눈을 질끈 감았다. 청년이 일으킨 바람이 아네스의 옷깃을 스쳐갔다.

데구르르…점프한 탄력으로 순식간에 앞구르기를 했다. 무술 영화 같은 착지 후에 프리스비를 들어보이며, 미소 띈 얼굴을 아네스에게 돌렸다. 이제서야 그가 누군지 알 것 같았다. 와르다 식당 앞에서 책을 주워 준 외국인…쿵쿵쿵…아네스는 심장이 큰 소리를 내고 이제 시간이 멈춘 것처럼 느껴졌다. 아무렇지 않게 일어난 청년은 원반을 아네스에게 내밀며 미소를 지었다.

“또 한 번 미안…기왕 이렇게 된거…혹시 분노를 담아 한 번 던져 보지 않을래요? 어렵지 않은데. 던지고 싶은 방향으로 보면서 똑바로 팔을 휘두르면 돼요. 플리즈…”

플리즈라는 말은 마법의 주문 같았다. 근육통이 욱신욱신 느껴졌지만, 자기도 모르게 원반을 받아들였다.

고립된 삶을 살아 온 아네스는 부탁을 받아본 경험이 많이 없었다. 외면 아니면 명령이었다. 굵직하고 부드러운 목소리는 자신을 응원하는 느낌이었다.

프리스비를 던져 본 적은 없었다. 하지만, 언젠가 프리스비 교본을 본 기억이 떠올랐다. 손목과 팔 안 안쪽으로 원반을 감싸듯 한 후 수평으로 팔을 내 질렀다.시우우웅…원반은 생각보다 쭉쭉 뻗어 나갔다. 가까이 온 여학생 한 명이 높이 점프해 보았지만, 원반은 그녀를 넘어 운동장 안 쪽까지 시원하게 날아갔다.

“와~우!! 짝짝짝짝…”

타잔처럼 날렵했던 청년이 갑자기 물개박수를 치며 환호했다.

"우후…짝짝짝짝. 나이스!!"

운동장 곳곳에서 갈채가 터져 나왔다. 아네스 자신도 깜짝 놀랐다. 얼굴이 달아올랐다.

원반을 받으려 점프했던 여학생이 어느새 코앞까지 와 있었다.

"안녕…? 와…잘 던지네, 우리랑 프리스비 함께 할래요? 우리 팀 한 명이 부족한데…어때…플리즈"

아네스는 안녕, 잘, 우리, 함께, 팀…몽글몽글한 단어들이 아네스의 마음에 남았다. 특히 영어 가운데 섞여 있던 '안녕'이라는 한국어에 깜짝 놀라 얼굴이 상기되었다. 원반을 잘 던졌다는 칭찬도 은근히 좋았다. 칭찬을 받아본 적이 언제이던가.

"글쎄…아녜요. 난 읽어야 할 책이 있어서…그냥 재미있게 놀아요. 난 괜찮아요."

"아네스…여기 나도 있어. 같이 프리스비 하자. 너무 재미있어…너 책만 너무 많이 읽어서, 운동을 좀 해야 할 것 같아. 움직여 움직여…"

청년을 뒤쫓아온 기숙사 룸메이트 아이샤가 성큼 다가와 책을 빼앗으며 아네스의 손을 끄집어 당겼다.

“어…어…어…난 괜찮은데…”

“난 안 괜찮아. 너랑 같이 놀고 싶어서 그래. 자, 따라와…호호호.”

“우리 팀…여기 한 명 추가요…”

점프했던 한국인 여학생이 팔짱을 끼며 말했다. 그녀는 스스럼 없이 말을 걸어왔다.

“난 가애야. 쟤는 선우…아이샤는 알고, 나머지는 여기 학생이고…아, 저기 앉아 있는 웨스턴 언니는 다이아나. 무게가 좀 나가서 힘들어 쉬고 있어. 저 언니 대신 우리팀으로 오면 되.”

아네스는 자신에게 손을 내밀어 초대해 준 사람이 누가 있었을까 속으로 기억을 더듬었다. 열 살 때까지 동네 무리들은 아네스를 놀려먹기 위해 바닷가나 마을 개천가로 아네스를 데리고 가곤 했다. 결국 아네스가 울어야 그들의 놀림은 끝이 났다. 물에 대한 트라우마가 생긴 것은 그 즈음이었다. 그 때 따개비에 베어 난 옆구리 상처를 볼 때마다 트라우마가 떠올랐다.

아네스는 엉겁결에 프리스비 코트에 들어왔다. 여학생은 몇 가지 규칙을 이야기해 주었다. 주차장용 원뿔과 돌맹이로 골대와 아웃라인을 표시한 것을 알려주고, 땅에 떨어지지 않게 패스해서 골대에 던지면 된다는 것이었다. 아네스는 책에서 읽었던 프리스비 규칙을 조금 더 기억해 낼 수 있었다.

30분쯤 후에 프리스비가 끝났다. 점수와 승패는 있었지만, 아무도 관심 없는 분위기였다. 그저 함께 재미있게 놀았다는 것만 의미가 있었다는 듯이, 박수와 웃음 섞인 함성으로 경기가 마무리되었다. 여학생들은 아네스에게 와서 손도 잡고, 포옹도 해 주며 각기 자기 소개를 했다. 남학생들도 눈짓으로 인사하며 지나갔다.

"안녕, 나는 다이아나야. 미국 동부 시골마을에서 왔는데, 여기 대학 근처에서 2년 정도 지내다 돌아가려 해. 지금은 현지어도 좀 배우고, 원하는 사람들 영어도 가르쳐 주고 있어. 물론 이 프리스비도 빼놓을 수 없고…아네스라고 했지? 정말 반가워."

몸집이 큰 웨스턴 언니가 손을 덥썩 잡으며 이야기했다. 이렇게 여러 사람에게 손을 잡혀 본 것은 10대 이후 처음인 것 같다. 웨스턴 언니의 나이는 가늠이 잘 안 되지만, 적어도 이십대 후반은 되어 보였다.

"혹시 저녁 먹으러 같이 갈래? 아까 너 데리고 온 남자애랑 여자애 있잖아. 바닷가 다리 근처에서 카페를 오픈하려고 준비하고 있어. 오늘 가서 시식 평가를 좀 해 주기로 했지. 저녁 먹고, 카페 인테리어 작업 좀 도와주려고…아직 에어콘이 없어서 야간 작업이 더 편하다네. 바쁘면 다음에라도 같이 한 번 가자. 프리스비 맴버들이 다 너를 좋아하는 것 같아…호호호…”

‘나를 좋아한다고…?!’

원어민 영어를 들으니 신기하게 느껴졌다. 학과 과목 중 반 이상은 영어로 수업을 하는데, 교수님들조차 예글리시라고 디스하는 로컬 영어를 사용하고 있었다. 친해지고 싶은 속마음과 다른 말이 튀어나왔다.

“그냥…나도 오늘 잘 놀았어요. 그런데, 지금 못 읽은 책을 읽어야 해서…글쎄…오늘은 이만 헤어졌으면 좋겠어요. 몸도 안 좋고…다음에 우리 다시 만나면 좋구요…”

“호호호…미국 관련된 책을 읽고 있는 것 같던데, 다음에 만나면 미국의 실상을 얘기해 줄께. 어쩌면 책하고는 많이 다를 수도 있어. 크크…사실 나도 미국내에서 3개 주밖에 가보지 못했어. 외국에 나온 것도 이번이 처음이야. 그래도, 미국에 살다왔으니 우리 동네 얘기는 재미있게 해 줄 수 있어…호호호.”

지금 살펴보니 웨스턴, 화교, 육지의 산맥 쪽 원주민, 그리고, 무슬림 몇명…이렇게 참 다양한 사람들이 함께 놀았었다는 생각을 했다. 90%가 무슬림인 이 대학에서는 참 낯선 구성이었다.

"그래요, 나도 외국은 한 번도 못 가 봤어요. 사실…이 섬도 못 벗어나 봤으니까… 암튼 오늘은 땀도 많이 났고, 이제 난 갈께요…"

"나도 아네스랑 가야겠다. 거기 식당이 할랄*인지도 모르겠고…한국 음식이 할랄일 수 없겠지? 나중에 할랄 인증 받으면 놀러 갈께…"

뒤돌아 총총 발걸음을 기숙사 쪽으로 재촉하는 아네스와 아이샤를 보며 다양한 나라의 인사들이 쏟아져 나왔다.

"See you again."
"마앗 살라마"
"잘 가. 또 만나"
"또피아 반다나"

인사를 나누는 그들의 등 뒤로 태양이 기울고 있었다.

---

* 할랄 Halal – 아랍어로 '허용된 것'을 의미하며 반대말로 금지된 것을 의미하는 하람 Haram이 있다. 금지된 것은 대표적으로 돼지고기, 술 등이 있다.

몇 번째 엄마?

2014년 7월말에 시작한 4학년 2학기도 크게 다르지 않았다. 아네스는 혼밥과 혼책으로 하루 하루를 보냈다. 라마단 이후 책 읽는 속도는 좀 줄어 든 것 같았다. 다리에서 엄마의 망상을 한 이후로, 책속에서 망상에 빠지지 않으려 노력을 해 갔다. 아네스 스스로도 현실과 혼동하는 증세가 점점 심해지는 것을 느꼈기 때문이다.

기숙사의 방은 더웠다. 비가 없는 건기라서, 낮동안 뜨거워진 콘크리트가 잘 식지 않아 타일 바닥도 뜨끈했다. 에어콘이 있는 몇몇 강의실이나, 오히려 운동장 벤치가 더 시원했다. 하지만, 아네스는 기숙사 샤워실에서 몸을 식히고 히잡을 벗고 기숙사 방에 머물렀다. 풍성한 머리카락이 드러나자 거울을 보며 정성스레 빗질을 했다. 오후의 일을 생각하며 혼자말을 하고 있을 때 핸드폰이 울렸다. 얼핏 본 기억이 있지만, 누구의 번호였는지 기억이 나지 않았다. 잠시 멈칫 했지만, 다섯 번째 벨이 울릴 때 아네스는 전화를 받았다.

"음... 어디세요?"

"어.. 아네스구나? 엄마야... 그러니까.... 지난번에 통화했던 엄마야. 만난 적이 없으니 좀 어색하지?"

지난 번 보다 더 발랄하고 젊은 목소리가 들려왔다. 낯선 도시 발음을 깔끔하고 친절하게 소화해 내고 있었다.

"아... 안녕하세요? 아빠의 두 번째 부인이시죠? 아니.. 세 번째 라고 해야 할까요?"

"그래, 아네스야. 네 엄마부터 하면 세 번째가 맞겠다. 나와 아빠, 그리고 두 번째 엄마, 네 동생들.... 모두 잘 지내고 있다. 알라의 은혜지."

"늦었지만 축하드려요. 지난 번 통화에는 경황이 없어서 축하도 못 드렸네요. 할머니에게 좋은 분이라고 얘기 들었어요."

"그래, 그래. 고맙구나. 요즘 외롭지는 않니? 내가 좀 챙겼어야 했는데 육지에 살다보니 미안하다. 막상 네 동생들 챙기는 것도 만만치 않았어. 아무튼 다음 주에 명절이잖아. 그래서 너 주려고 옷도 한 벌 샀어. 혹시 명절에 마을에서 볼 수 있을까? 아빠와 나 뿐 아니라, 첫째 새 엄마와 동생들도 같이 갈꺼야."

"아... 죄송해요... 지금 졸업 논문 쓰고 있어서.... 이번에도 마을에 가기는 힘들 것 같아요."

"그래, 그래. 할머니가 아네스를 많이 자랑스러워 하시더라고. 책도 많이 읽고 똑똑하다고.... 그럼 내가 학교 근처에 가면 바빠도 튀르크 커피 한 잔 같이 하자."

아네스는 더 이상 거절할 명분을 찾기가 어려웠다. 조금은 낯설게 진심…같은 것이 느껴지기도 했다. 첫번째 새엄마보다는 똑똑하고 현대적인 느낌이라 말도 통할 것 같았다.

명절 세번째 날에 만나기로 하고, 전화를 끊으며…아네스의 마음에는 아빠에 대한 억눌린 분노가 밀려왔다. 그는 아내가 죽고, 1년이 못되어 집안에서 정해준 여자와 결혼을 했다고 한다. 젊은 이맘의 여동생이었는데, 약간 모자란 사람이었다.

하갈의 일로 할아버지는 마을 장로 역할을 더이상 못하게 되었다. 그대로 몇 년 후면 촌장이 되었을텐데, 점점 중요한 마을 회의에 빠지게 되었다. 하캄의 동생은 가문이 기울어 가는 것에 분노했고, 이맘은 빨리 재혼을 해서 가문의 명예를 되찾으라며 여동생을 소개했다.

지능이 떨어지는 여동생과 결혼하겠다는 사람이 없어서, 거절할 수 없는 제안을 했다고 한다. 하캄의 명예살인을 숨겨주고 사고사로 증언해 주는 댓가로 이런 요구를 한 것 같기도 했다.

아이처럼 자기 중심적인 첫번째 새엄마는 아네스를 돌볼 수 없었다. 아네스도 새로운 엄마를 받아들일 마음이 없었다. 아빠는 예전보다도 더 아네스와 멀어졌고, 결국은 육지로 이사를 나가셨다. 엄마의 죽음에 이어, 두번째 큰 상처를 받은 것이다.

'암튼 마음을 단단히 먹어야 해. 특별한 목적 없이 나에게 호의적일 리가 없잖아. 작은 아버지가 할아버지의 재산을 노리고 아빠를 밀어낸 것처럼, 이 사람들에게 나도 그런 존재일 수 있어…어떻게 해야 하지?'

제법 어둠이 깔린 방에 불을 켜며, 기숙사 룸메이트가 저녁식사를 하고 돌아왔다. 부탁한 볶은 국수도 사다 주었다. 아이이샤에게 고민을 이야기했다. 상처와 고민이 뒤섞여 복잡한 마음을 그녀의 한 마디가 정리해 주었다.

"뭐 더 잃을 것이 없는데, 뭘 그리 고민해? 어짜피 한 번은 만나야 할 사람…그냥 짧게 만나. 우리는 어디에 취업하고 어디에 살지나 더 고민하자."

드디어, 며칠 뒤 이드 알피트르(Eid al-Fitr)가 시작되었다. 한 달간의 라마단 금식을 마치고, 가족들이 모두 모여 축제를 한다. 특히 가족사진을 많이 찍는 명절이라 많은 가족이 옷을 맞춰 입는다.

거리에는 같은 색의 전통복장을 한 가족들이 그룹을 지어 다니고 있었다. 바닷가에서 피는 나팔꽃의 종류인 메시나 크리퍼처럼 보라색과 핑크색 사이의 색상이 많이 보였다. 연두색이나 짙은 초록색 계열도 눈에 많았다.

아빠와 함께 온 두번째 새엄마와의 만남은 어색했다. 차분한 초록 계열의 가족 복장을 하고 있었지만, 그녀의 성격은 차분하기 보다는 톡톡 튀었다. 풍만한 체구에 전통 옷의 사이즈가 좀 작게 느껴졌다. 그녀 특유의 친화력이 대화를 경쾌하게 이어나갔지만, 아무래도 아빠까지 함께 한 이 자리는 가시방석 같았다. 아침에 연두색 계열의 전통복장을 골랐다가 내려놓고, 청바지와 티셔츠를 입고 온 것에 다행스러웠다. 연두색 히잡을 쓰고 온 것도 괜히 마음에 걸렸다.

"여보 여보…여 보세요, 아네스가 정말 잘 컸네요. 오늘 쓰고 온 히잡도 너무 예쁘네. 우리 옷과도 잘 어울리는 것 같아. 여기 가족 옷도 준비해 왔어. 오늘이라도 같이 고향집에 가면 좋겠는데…사진도 같이 막 찍고…""죄송해요. 졸업준비를 하느라 많이 바빠서 바로 들어가 봐야 할 것 같아요."

"하캄, 당신은 알라에게 정말 감사해요 해요. 당신이 많이 못 돌봐 주었는데, 아네스가 이렇게 대학을 졸업하게 되었어요. 가문에 첫번째 학사가 탄생하겠어요. 정말 자랑스러워요."

"글쎄…지금 논문 심사를 준비하고 있는 중이라…졸업을 할 수 있을지는 아직 몰라요…그냥 나중에 졸업하게 되면 연락 드릴께요."

"그래…그렇게 얘기해 주니 고맙다. 아네스는 졸업하고 뭐 하려고 하니?"

"글 쓰는 사람이 되고 싶어요. 동화 작가…아니, 출판사나 신문사에 취업하려고 하는데, 뽑는 곳이 많이 없어요. 정 안되면 초등학교 독서 지도 선생님이나, 도서관 알바라도 하려구요."

"그래, 좋은 계획이구나. 나는 2년제 대학을 마치고, 일을 좀 하다가 좀 늦게 결혼을 했단다. 중학교 동창이었던 동갑내기랑 결혼을 했었는데, 돈을 벌러 도시에 갔다가 새 여자를 만났지 뭐니. 재산도 없으면서 두번째 부인을 두려해서 이혼해 버렸지. 사실 내가 둘째 부인에 동의를 안 해주니, 그 여자에 눈이 먼 놈이 나를 이혼시켜 버렸던 거지…아…또 정말 열받으려 하네. 그래도, 알라에게 감사한 건…부모님이 아빠를 소개시켜 주셔서 2년만에 다시 결혼하게 되었단다. 아빠와 열한 살 차이지만, 아빠가 엄마를 이뻐해 줘서 많이 행복하단다."

입을 꾹 다물고 있던 아빠가 그제서야 말을 건넨다.

"그래서, 아네스. 너도 이제 결혼할 준비를 해라. 많이 늦었다. 우리가 네 남편될 사람을 좀 알아보고 있다. 졸업하면, 혼자 살지 말고 바로 결혼했으면 좋겠다. 여기 이 엄마가 결혼 준비를 해 줄 게다."

"그래 그래, 아네스. 신혼 여행으로 움라*도 다녀오고. 알라가 더 축복해 주실꺼야."

"그만, 그만!!"

아빠의 침묵 때문에 그나마 그 자리를 버텼는데, 그의 말은 아네스를 각성하게 만들었다. 피투성이가 되었을 다리가 생각났다. 엄마가 바다에 빠지는 둔탁한 소리가 들리는 것 같았다. 이내 호흡이 격해지기 시작했다.

"허억 허억 허억…내 인생은 절대 내가 결정해요. 지금까지 상관하지 않았으면, 앞으로도 상관하지 마세요. 내 엄마도 지켜주지 못한 사람이 아빠 자격이 있다고 생각하세요? 살던 죽든 제가 혼자서 제 삶을 살아낼 거에요!"

더 쏟아부을 저주의 말이 마음에 하수 처리장처럼 가득 고여 있었

---

* 움라 - 메카로 다녀오는 순례여행이다. 하지 기간에 평생 1번 이상 다녀오게 율법으로 규정된 성지순례(하지)외의 기간에 자유롭게 가는 여행이다.

지만, 입을 꾹 다문 아빠가 두렵게 느껴져 입을 다물었다. 당황한 새엄마는 어쩔줄 몰라하며 상황을 수습하려 노력했다. 아네스는 완전히 폭발하면 수습할 수 없을 것 같아, 그 자리를 뛰쳐 나와야 했다.

새엄마가 밖에까지 쫓아나와 아네스의 손을 잡고, 쇼핑백을 건낸다.

"아네스야…무슨 일이 있었는지 잘 모르지만, 내가 대신 사과할께. 나도 너를 못 챙겨서 정말 미안하고…그래도, 네 인생이 있잖아. 좋은 사람 만나서 좋은 가정을 꾸려야지. 여자가 혼자 사는 것은 쉽지 않단다. 쇼핑백에 옷도 한 벌 있고 비싼 향수도 한 병 있어… 종이 봉투속에 소개하고 싶은 사람 사진과 프로필이 있으니까, 한 번 보고…다음에 다시 통화하자. 논문 잘 통과되길 바랄께. 알라가 평안 주시길…"

티아란 다리

도망치듯 식당을 나온 아네스는 뜨거운 통증 같은 더위를 느끼며 바닷가를 향해 걷기 시작했다.

'지지직…아아악!!'

칼릴 무리가 팔다리를 붙잡고 돋보기로 살을 태우던 잔인한 기억이 떠올랐다. 처음에는 개미, 딱정벌레, 메뚜기를 태우더니, 결국 나를 붙잡았다. 그 오징어 타는 듯한 냄새를 맡은 후로는 역겨워 오징어를 먹을 수 없었다.

바다는 애증의 대상이었다. 엄마가 그리울 때마다 바다를 바라보곤 했다. 하지만, 엄마가 빠져 죽은 바다에 공포가 서려 있었다. 물공포증이 생긴 또 다른 이유도 있었다.

어린 시절 동네 아이들이 바닷가로 끌고 갔다. 그녀를 놀리기 위해 칼릴 삼총사는 그녀를 물에 빠뜨렸다. 죽음의 공포 속에서 버둥대며 바닷물을 삼키고 나서야 공기를 마실 수 있었다. 옆구리는 날카롭게 베어서 피가 철철 떨어졌다. 바닷물은 면도날처럼 상처를 자극하고 있었다. 멀리서 고기잡이 배를 정리하고 있던 아빠가 달려와 아네스를 안고 뛰었다. 피가 떨어지며 바닷물에 번져갔다. 치료를 마치고 집에 갔을 때 할머니는 칼릴을 혼내고 있었다. 평소에도 할머니의 사랑을 독차지하지 못해 불만인 칼릴은 독기 품은 눈으로 아네스를 째렸다. 할머니는 칼릴에게 아네스 근처에 얼쩡대지 못하게 엄하게 경고하셨다.

식당에서 30분 정도 터벅터벅 걸어 다다른 다리 근처 바닷가. 하늘은 석양을 준비하고 있었고, 바다도 붉게 물들고 있었다. 노을과 티아란 다리가 숨막히게 멋진 풍경을 만들어 내고 있었다.

'두 존재를 연결한다는 것은 정말 멋진 일이야. 하지만, 다리가 있다고 다 연결된 것일까? 한 번도 건너보지 못했네. 난 여전히 고립되어 있네…'

조금 더 걷자 다리 방향 바다에 한 무리가 보였다. 물장난을 하고 있는 것 같지는 않았다. 특별한 계획 없이 온 터라…조금 더 걸어 그들이 보이는 곳에 자리를 잡았다. 아는 얼굴도 있는 것 같았다.

벤치에 앉아서 바라보았다. 어떤 의식을 하는지, 물 속에 둘러서서 노래도 부르고 이야기도 했다. 다리와 석양을 배경으로 둘러서 있는 그들은 뭔가 신비롭기까지 했다. 그 의식은 절정을 향해 가고 있는 듯했다.

중앙에 서 있던 두명의 청년에게 무엇을 묻는 듯하더니, 갑자기 양쪽에서 잡고 뒤로 넘어뜨리며 바다에 빠뜨리는 것이 아닌가? 갑작스러운 상황에 아네스는 억…하고 신음소리를 냈다. 어릴 때 당했던 삼총사의 잔인한 장난과 오버랩 되었다.

"야…와…와…짝짝짝…"

주변에서는 환호를 지르고 박수를 쳤다.

"와와와…"

뭐라는지 확실하게 들리지는 않지만, 물에 빠졌다 올라온 청년들도 주먹을 불끈 쥐고 흔들었다. 큰 웃음과 큰 함성 소리가 들렸다. 그들은 또 같이 노래를 부르기 시작했다. 마지막으로 모두가 눈을 감고 다이아나가 두 손을 든 채로 기도하는 것 같았다. 그렇게 의식이 끝났다.

반 송장처럼 물에서 빠져나왔던 자신의 모습과 너무도 다른 광경이 펼쳐지며, 궁금증이 확 밀려왔다.

'도대체, 저건 뭐를 한 거지? 저들의 종교 행사인가? 바다의 잡신

에게 제사를 하는 건가?'

의식을 마친 그들은 젖은 몸 그대로 프리스비를 하기 시작했다. 모래밭이라 슬라이딩도 하고, 때로는 물속으로 뛰어들며 원반을 잡아내기도 했다. 자주 이 곳에서 프리스비를 하는지, 타이어와 노끈으로 이미 골대와 코트가 표시되어 있었다.

우람한 몸집으로 다이아나도 경기에 참여하다 힘에 부치는지, 그들의 짐이 놓여있던 길가쪽으로 걸어 나왔다. 문득 고개를 들었을 때, 다이아나는 멀리 아네스와 시선이 마주쳤다.

"어이…아네스…여기 왠일이야. 정말 오랫만이네. 그동안 안 보여서 고향에 갔나 했네."

아네스는 사실 그들의 친절과 허물없는 접근이 좋았다. 하지만, 아네스가 사랑하는 사람들과는 이별하고 멀어지니… 더 이상 친해지려 하지 않았다. 그들이 대학 운동장에서 프리스비를 할 때면, 안 보이는 곳으로 멀리 돌아가곤 했다.

"어어…다이아나. 반가워. 갈 고향은 없고, 그동안 논문 쓰느라 좀 바빴어. 졸업 준비해야지. 오늘은 그냥 바다가 보고 싶어서 왔는데,

모두 행복해 보이네…?”

“오…봤구나. 오늘 정말 기쁜 날이거든. 너도 이리로 와서 같이 놀자. 좀 있으면 저녁도 먹으러 갈꺼야. 얼마 전에 새로 오픈한 식당이 있거든. 너도 반가워할 사람이 거기에 있지.”

“난 그냥…해지는 것만 보고 기숙사에 가려 했는데…”

“아네스, 명절인데 같이 시간 보내자. 우리도 가족과 떨어져 있으니까…서로의 가족이 되어주면 좋잖아.”

“어? 가족? 어어…알았어. 그럼 그냥 저녁만 먹고 갈께.”

다른 친구들도 하나 둘 짐이 있던 쪽으로 몰려오기 시작했다. 10명 남짓 되는 것 같았다. 여전히 여러 인종 친구들이 섞여 있었고, 이슬람 명절이라 그런지 히잡을 쓴 무슬림 친구들은 없었다.

오 분 남짓 걸으니, 자주 가는 와르다 식당이 나왔다. 그 식당을 지나쳐 100미터 정도 가니 그럴싸해 보이는 카페가 등장했다. 더 브릿지 카페(The Bridge Café). 마당에는 둥근 전구들이 줄줄이 걸려 있고, 하얀 페인트로 칠해진 출입구에는 손으로 만든 간판이 걸려 있었다.

“안녕? 어서들 와. 오늘은 바닷가 모임에 꼭 가고 싶었는데…미안…이제 카페에서 일하니 시간 내기가 좀 어렵네.”

“가애…오늘은 정말 특별한 날이었어. 석양 속에서의 모임도 너무 아름다웠고, 또 특별한 손님도 이렇게 만나서 함께 왔으니까. 선우는 주방에 있나?”

“응 주방에…땀 좀 흘리고 있지. 어머, 어머… 아네스… 명절인데 어떻게 만나서 함께 왔네. 너무 오랫만이다. 완전 환영해. 새로 오픈한 다리 카페야. 다리 풍경이 잘 보이는 창가 쪽 자리 잡아 놓았어. 오늘 선우가 맛있는 한국음식으로 파티를 준비하고 있어…물론 할랄 재료로 요리했으니 걱정말고…호호호.”

“응, 안녕. 그 때 그 남학생 이름이 선우였지. 둘이 부부야?”
아네스는 모른척하며 물었다.

“우웩, 우웩…징그러. 선우하고 내가 어떻게 부부일 수가 있겠어. 우리는 유치원 때부터 소꿉친구야. 선우가 여기서 카페한다고 도와달라고 해서, 3개월만 와 있는 거야. 마침 대학원 가기 전에 시간도 좀 있고 해서. 남사친이라고 해야 하나…그것도 좀 남사스럽고…걍 거의 동성친구에 가까운 사이야. 남매도 좀 그렇고…아, 그래. 형제,

딱 그 정도 되는 관계…큭큭"

가애는 토하는 시늉을 하며 유쾌한 답을 주었다. 아네스도 경계심을 조금 더 풀 수 있었다.

다른 친구들은 카페 밖에 설치된 샤워기로 소금기를 닦아내고 탈의실 천막에서 옷을 갈아 입고 있었다. 다이아나와 아네스는 가애의 안내를 받아 창가 쪽 자리를 잡았다.

"다이아나…벌써 왔어? 아직 음식 나오려면 시간이 좀 걸리는데. 오늘 세례식은 어땠어? 여기서 망원경으로 잠깐 봤는데…정말 멋지더라. 바다에서의 세례라니…"

땀으로 상기된 얼굴로 앞치마에 손을 닦으며 옆으로 선우가 다가왔다.

"오…너도 왔구나. 그 때 같이 프리스비 하고나서 또 보고 싶었는데. 잘 지냈어?"

보고 싶었다는 말에 아네스의 귓볼이 달아올랐다.

"선우…여기는 아네스야. 아네스…여기 선우."

"어어…선우…안녕. 뭐 그냥…그럭저럭 지냈지. 지난 번에 책을 주워 주어서 고마워. 드디어 사업을 시작했구나. 축하해. 멋지다 정말…"

"그래 그래, 아네스. 고마워. 근데, 책은 두번 줏어 줬는데…어느 때를 말하는 거지?"

"아…글쎄…그랬었나? 난 지난 번 프리스비 했던 때를 얘기한 건데?"

"그래 그래, 기억 안 해도 괜찮아. 그 전에도 한 번 본 것 같아서, 하하하."

아네스는 황급히 말을 돌렸다.

"근데, 음식하는 건 힘들지 않아?"

"힘들어. 장난 아니야. 거의 노가다야. 정말 하루에 열 네 시간씩 일하는 것 같다. 아직은 체력이 남아 있어서 버티는데, 낮에 더울 때는 주방은 40도도 넘어가는 것 같아. 이제 좀 안정되어 가긴 하는데, 가애도 얼마 있다가 한국으로 돌아가야 하니까…직원도 찾아야 하고… 이건 산 넘어 산이다."

“저 위대하신 마선우 사장님께서 명절이 대목이라고 문 열자 그랬는데, 파리만 날린다…킥킥…정말 유능한 사장님이셔…덕분에 바닷가 모임에도 못 가고.”

왁자지껄 돌아온 친구들로 카페가 소란스러워졌다.

“자 오늘은 나 마선우! 주인 아저씨가 쏘는 거니까 맘껏 먹어. 부족하면 더 시켜도 되. 10분 후부터 음식이 나오겠습니다…하하하. 타오, 타후… 오늘 정말 축하해. 바닷가에 함께 못가서 미안하고…오늘 두명이 다시 태어난 기념 파티다!”

산족 원주민으로 보이는 타오, 타후가 아네스에게 눈인사를 했다.

“다이아나, 오늘 저 친구가 다시 태어났어? 아까 한 것이 뭔데 그래?”
“어…아네스…세례라는 건데, 우리 죄를 용서 받은 증표로 치루는 기독교 의식이야.”

“아…그래서 물에 들어갔구나. 목욕을 한 거네. 우리도 모스크에 들어가기 전에, 손, 발, 눈, 코, 입, 귀…얼굴까지 씼는 정결의식*을 하거든. 비슷한 거구나."

"아네스, 사실 물로 씻는다고 우리의 죄가 없어지는 것은 아니야. 세례는 목욕 보다는 수장에 가깝지. 물 속에서 내 옛사람을 죽이는 거야. 죄악 가운데 있는 나를 물속에서 죽이고, 예수님의 생명을 받아서 다시 물 밖으로 태어나는 거야."

"으악…끔찍해. 물 속에서 죽는다고. 내 어릴 적에 동네 아이들이 나를 바다에 빠뜨려 죽이려 했었어. 장난이긴 했지만 정말 죽을 뻔 했었거든. 말만 들어도 겁난다."

"맞아. 정말 겁나는 일이지. 정말 우리는 죄로 그렇게 죽을 수 밖에 없는 사람들이니까. 그런데, 예수님이 대신 죽으시고, 우리에겐 새로운 생명을 주셨어. 실제로 예수님은 우리의 죄를 대신해 십자가 처형을 받으셨어. 나를 대신해 죽으셨고, 아네스 너를 대신해서도 죽으신 거지. 그래서, 상징적으로 우리 옛 자아를 죽이는 의식을 하는 것이지."

---

* 정결의식 - 우두(Wudu)라고 불리며, 하루 5번 기도 전에 손, 발, 얼굴 등을 씻는 과정이다. 모스크 옆에는 우두를 행하는 물구덩이나 수도가 있다.

"예수…아마 '이사 알마시*'라고 코란에도 나오는 그 선지자를 말하는 것이지? 코란에도 위대한 선지자로 나오긴 해. 십자가 이야기는 처음 듣는 것이고…"

"예수님은 단지 선지자가 아니야. 그분은 하나님의 외아들이었고, 실제 하나님 그 자체셨어. 하나님이 만드신 사람들이 죄악으로 하나님과 멀어지고 죽어가자, 우리를 살릴 방법을 찾으신 것이지. 선하고 정의로운 하나님은 죄에 대해 심판하시지. 그런데, 죄인인 인간을 살리고 싶으셨던 거야. 그래서, 그 죄 없는 아들이 대신 죄의 형벌을 받아 죽고, 사람들을 살리는 방법을 택하셨지."

"위대한 하나님이 스스로 죽으셨다고? 어떻게 그게 가능해? 알라는 그냥 멀리서 바라보며 우리를 심판하는 두려운 분이야."

가애가 목소리 톤을 살짝 높였다.

"내가 믿는 하나님은 나를 엄청 사랑하는 분이야. 사랑하면 약해지지. 더 사랑하는 쪽이 항상 손해보게 되잖아. 죽을 만큼 사랑하면 대신 죽을 수 있지 않을까? 우리 엄마나 아빠가 나를 대신해 죽을 수

---

* 이사 알마시 – 이사는 코란에 표시된 예수의 이름. 알마시는 선지자를 뜻한다. 기록된 행적도 차이가 있고, 위대한 선지자일 뿐 하나님의 아들, 메시아로 믿지는 않는다.

있는 것처럼 말이야."

아빠라는 말에 아네스가 정색을 하며 말을 끊는다.

"부모가? 난 그런 부모가 없어 그런 말에는 공감이 안 되네…알라도 부모에게 그런 계명을 준 것 같지도 않고. 암튼 난 부모에게 버려진 아이라서 잘 모르겠다…"

"아네스…자세한 건 몰라도 네 얘기를 들으니 나도 너무 슬프다. 그래. 자녀를 버리는 부모도 있긴 해. 그런데, 부모는 나를 버려도 하나님은 나를 고아와 같이 버려두지 않으시는 분이야. 아네스 너를 너무 너무 사랑하시기 때문이지. 그래서, 예수님을 보내 주신 거야.

우리가 죄를 지어서 하나님과의 관계가 끊어지고, 우리와 하나님 사이에 깊은 절벽이 생겼어. 그런데, 예수님의 십자가는 다리가 되었지. 다시 우리가 하나님과 연결되도록 해 주셨어. 우리는 그냥 믿기만 하면 돼. 예수님이 나를 구원한 인생의 주인으로 받아들이고, 고백하면 우리에게 생명과 천국을 주시는 거야. 그분 자체가 길이고, 진리고, 생명이거든. 너도 예수님을 좀 더 알게 되면, 반드시 믿게 될거야"

"아니! 나는 신을 믿지 않아. 오히려 혐오해. 신은 이기적이고, 괴

팍해. 하루 다섯 번씩 경배하라 하지만, 나에게 좋은 것은 주지 않아. 신이 있으나 없으나 나의 삶은 똑같아. 인생에 신이 없는 것이 시간과 에너지를 절약하는 길이지. 물론 무슬림으로 태어났으니 운명이라 생각하고 왕따를 안 당하려면 흉내라도 하며 살아야 겠지. 이게 내 결론이야."

"아네스……"

"하지만… 내가 예수를 믿게 되면, 엄마를 죽인 아빠와 마을 남자들에게 꽤 괜찮은 복수가 될 것 같기는 하네…흐흐… 맞아! 내가 그들에게 다른 복수는 할 수 없으니, 그들이 제일 싫어할 일을 해 보는 것도 나쁘지 않은 것 같아."

아네스는 무용했던 신을 이용해, 복수의 도구로 유용하게 사용할 생각에 목젖에서 끓어오르는 비웃음을 그렁그렁 뱉어냈다.

아네스는 오후의 사건들이 생각이 났다. 두번째 새엄마, 자신의 아내를 지키지도 못했으면서 결혼을 강요하는 아빠. 가족들이 죽인 것이나 다름없는 친엄마…충격적인 사건들의 잔상이 모아져 화살처럼 향하는 곳은 모스크였다.

어짜피 신을 믿지 않을 생각이었다…더 이상 모스크는 안 갈 결심이었다.

눈에는 눈, 이에는 이

아네스의 충동적인 대답에, 다이아나는 오히려 목소리를 낮췄다.

"아네스…미안하지만, 아네스에게는 좀 더 시간이 필요한 것 같아. 물론 예수님은 너를 기다리고 계셔. 하지만, 예수님을 따르겠다는 결심만큼이나, 따르려는 그 이유가 중요하거든. 예수님은 너를 사랑하셔. 너를 위해 십자가에서 대신 죽으실 만큼 너를 사랑하시고, 또 다시 사셔서 너를 기다리고 계셔.

하지만…네가 복수를 위해 예수님을 따르는 것은 원하지 않으실 거야. 그분을 따르는 길은 복수의 길이 아니야. 오히려 용서의 길이야. 네가 예수님을 따른다면 너는 아빠를 용서해야 해. 예수님도 자신을 십자가에 못 박아 죽이는 사람들까지도 용서하셨어."

"그래? 감동적이군! 하지만, 그렇게 하면 계속 나만 당할 뿐이야. 그들은 나를 돋보기로 태우고, 물에 빠뜨려 죽이려 해 놓고도 절대 사과하지 않아. 그런데 용서하라고? 본인들의 살인을 옳다고 철썩같이 믿는 사람들을 어떻게 용서한다는 거지?"

"아네스, 때로 용서는 그 사람과 너와의 관계에서 일어나는 일이 아니야. 너와 하나님과의 관계에서 일어나는 일이지. 하나님이 너를 용서했다는 것은 너도 그 마음을 품으라는 그분의 뜻인 거야. 용서를 통해 너를 끓어오르는 분노에서 해방해야 해. 그래야 하나님의 평안 가운데 거할 수 있게 될거야."

"하지만, 너희가 하나님이라고 부르는 신도 눈에는 눈, 이에는 이라고 말씀하지 않았어? 결국 같은 심판의 신이잖아? 복수에 대한 율법은 명확하다고. 복수는 죄가 되지 않아."

다이아나의 목소리는 더 낮아졌다. 아네스는 엄지 손톱으로 테이블을 긁으며 대화를 이어갔다.

"우린 알라와 하나님이 같은 존재라고 생각하지 않아. 창조주이고, 심판하는 신이라는 부분이 겹치기는 하지만, 그 성품은 많이 다르게 느껴지네…."

"난 그들에게 눈에는 눈, 이에는 이로 복수하고 싶어. 돋보기로 그 얼굴을 지져 버리고 싶고, 물속에 익사시켜 버리고 싶다고. 지금은 힘이 없으니 종교적 배신으로 소극적인 복수 정도 밖에 못 하지만…"

"이에는 이, 눈에는 눈… 그건 아네스 같은 피해자에게 주는 복수의 율법이 아니야. 가해자에게 주는 보상의 율법이지. 가해자가 철저하게 보상하라는 뜻이지. 아네스, 너의 자유를 위해서는 용서의 법이 필요해. 은혜의 법이 필요해."

"아니! 가애, 난 용서하고 싶지 않아. 은혜를 베풀 여력이 없다고!"

"아네스, 그래서 예수님이 필요한 거야. 스스로 엄청난 희생과 값 지불을 했지만, 우리에게는 그 결과를 값없이 은혜로 주셨어. 그 은혜를 받아들이고, 예수님을 따르는 자는 율법과 복수에 더이상 얽매이지 않아. 그분 안에 있기에 자유가 주어지지. 하지만, 자유는 하나님의 말씀 가운데 구속되는 것이야. 그분의 사랑 안에 구속되어 온전한 자유를 누리는 거지."

"사랑 안에 구속된다고? 그게 자유야? 속박이지?"

"사랑과 진리에 묶이는 것이 진짜 자유야. 물고기가 자유를 찾아 물 밖으로 나오면 죽는 것처럼, 우리도 사랑과 진리 안에 있어야 생명이 있어. 하나님도 모든 것을 다 할 수 있는 권한과 자유가 무한히 있는 분이지만, 스스로 할 수 없는 것이 있어."

"그럴리가! 알라는 전능하다는데, 못 하는 것이 있다고? 거짓말… 그건 전능한 것이 아니잖아."

"거짓말…그래, 네가 말했네. 맞아. 하나님은 거짓말을 할 수 없어. 그분의 성품은 무한히 진실하고 선하기 때문이지. 그 분의 능력은 그 성품에 제한되지."

예상을 벗어난 이야기의 전개에 아네스의 목소리는 수그러들었다.

"하…그러네. 신이 정말 선하고 정직한 존재라면…거짓말은 못 하겠네. 신이 내 인생에 많은 거짓말을 해 왔다고 생각했는데…하지만 정말 신이 그런 존재일까?"

아네스는 순간 깜짝 놀랐다가, 생각이 많아졌다. 그 아네스의 표정을 읽고, 가애는 부드러운 음성으로 격려했다.

"아네스, 예수님은 하나님의 성품을 그대로 가진 그분의 아들이야. 죄 없이 거룩한 분이지. 예수님을 통해 하나님을 볼 수 있어. 예수님을 더 많이 알아갈 수록 하나님을 더 깊이 사랑할 수 있지. 사랑은 허다한 죄를 덮을 수 있어. 선으로 악을 이길 수 있지.”

다이아나가 미소를 띄며 흥분된 대화를 일단락해 나갔다.

“아네스, 네가 ‘복수를 위해’라는 것은 반대하지만, 믿어볼까…하는 말에서는 소망을 느껴. 물론 굉장히 위험하고 치명적인 거야. 네 인생의 방향이 송두리째 달라질 수 있다고. 물론 우리는 네가 좋은 쪽으로 달라질 것이라 확신은 하지만, 이 땅에서는 그만큼 대가를 치를 각오를 해야 할 수도 있어. 지금은 다른 손님들도 있으니, 나중에 따로 좀 얘기할까?”

보글거리는 뚝배기와 지글거리는 불고기가 반찬들과 함께 운반되어 왔다. 모두들 허기감이 봇물처럼 몰려와 어느덧 먹는 소리만 요란하게 들리기 시작했다.

“아네스…다 먹었으면 자리를 좀 옮길까?”
식사 후에 6명 자리가 있는 작은 룸으로 자리를 옮겼다. 노란 빛을 내는 나지막한 조명이 포근한 분위기를 만들고 있었다. 다이아나, 아네스, 그리고 가애가 함께 했다.

“아네스…너는 사랑받기 위해 태어난 사람이야.”

예상치 못한 가애의 선언이 적잖이 충격으로 다가왔다. 지난 날을 생각해 보면, 사랑 보다는 미움과 저주를 받기 위해 태어난 느낌이 훨씬 컸다. 하지만, 가애의 말은 아네스 안에 꼬이고 끊겨진 축복 회로를 딸각하고 연결해 준 것 같았다. 눈물 버튼이 꾹 눌리는 것을 간신히 참아냈다.

"아네스…예수님이 너를 언제나, 영원히 사랑하셔…"

엄마도 나를 지켜주지 못하고 떠났고, 아빠도 나를 외면했다. 실질적인 고아나 다름없는 삶을 살아온 아네스에게 누군가가 너무 너무 사랑한다는 말에 찌릿한 전기가 느껴졌다.

"다이아나, 가애, 더 얘기 안 해도 되. 난 어차피 이슬람과 안 맞아. 떠나기로 했어. 이슬람 안에서 착하게 사는 사람들도 많아. 꽤나 경건해 보이는 사람들도. 하지만, 나에게 신은 믿을만한 존재가 아니야. 차라리 예수가 사람이라고 하니 좀 관심이 가네. 나를 미워하지만 않는다면…그래, 어떻게 하면 예수를 믿을 수가 있지?"

"사실 해답은 너무 간단해서, 여러 종교행위를 배워 온 너에게 좀 생경할 수도 있어. 그냥 마음으로 예수님을 받아들이고, 입술로 그분을 나의 구원자로, 나의 주인으로 고백하면 되. 그렇게 하고 예수님의 제자가 되겠다는 세례 의식을 받으면 되. 아까 바닷가에서 봤지. 그게 곧 세례야."

“옛 자아를 물 속에서 수장하고, 다시 태어나는 의식…그래, 좋아. 나에게도 오늘 해 줘.”

아네스의 급발진에 오히려 긴장한 쪽은 다이아나와 가애였다.

“그그그…그래. 네가 마음의 준비가 되었다면 해 줄께. 그런데, 세례는 이제 예수님의 말씀과 뜻을 따라 살겠다는 결심이기도 해. 이후의 삶이 바뀔꺼야. 정말 괜찮겠어?”

“호호호…그래, 아네스. 우선은 성경을 읽어 보자. 예수님에 대해 좀 더 알아 보자.

우리랑 읽은 것에 대해 토론도 좀 해 보면서, 고민도 하고 앞으로의 변화를 받아들일 준비가 되었을 때에 세례를 받아도 괜찮아.”

“학교 도서관에도 성경책이 있지?”

“아니, 우리 대학에는 다른 종교 관련된 책은 거의 없어. 심지어 타종교 경전이나 신앙 사이트에 검색이나 접속도 안 되는 경우가 많아. 자주 그런 것을 검색하면 따로 불려 갈 수도 있어.”

가애는 아네스 앞에 작은 책을 내려 놓았다.

"지금 영어로 된 것은 이것밖에 없네. 성경의 일부인데…요한복음이야. 예수님이 많이 사랑하셨던 제자 요한이 예수님에 대해 쓴 책이야. 이 책에서 예수님을 만날 수 있을거야. 먼저 요한복음을 통해서 예수님을 만나고, 그 사랑을 받아들이면 좋겠어. 그 사랑을 따를 결심이 섰을 때 세례는 다시 얘기해 보자."

태초에 말씀이 계시니라 이 말씀이 하나님과 함께 계셨으니
이 말씀은 곧 하나님이시니라 〈요한복음 1:1〉

첫장을 훑어보던 아네스는 영어로 쓰여진 그 책을 가방 깊숙한 곳에 넣었다.

기숙사로 돌아오는 길…저 멀리 다리 위에 보름달이 떠 있었다. 다리 카페에서 준비해 온 음식을 습관처럼 기숙사 길목에 있는 고양이들에게 주었다.

"롤로…언니가 밥 가져 왔다. 언니가 오늘 미스테리한 사람에 대해 얘기를 들었어. 이사 알마시라고 코란에도 나오는 선지자인데, 사실은 하나님의 아들이었대. 이천년이나 전에 지금의 나를 위해 먼저 죽으셨다 부활하셨단다. 믿겨지지는 않아.

나도 롤로 너를 좋아하지만, 너를 위해 죽을 수 있을 것 같지는 않거든. 아무리 나를 사랑하신다고 해도, 하나님이 어떻게 자기 아들을 대신 죽게 할 수 있을까…아…머리속이 혼란스럽다.”

부르릉…왠지 불길한 오토바이 소리가 귀를 찡긋하게 만든다. 보름달이 떠 있는 기숙사 길은 스산하게 어두웠다.

휙…지나가는 바람에 가슴이 서늘해졌다.

‘앗, 롤로!’ 아네스는 반사적으로 롤로를 잡아 가슴에 안았다.

하나, 둘, 셋…

끼이익! 오토바이가 급정거하며 자갈이 사방으로 튀어 오른다. 롤로가 있던 자리에도 날카로운 돌조각들이 뿌려졌다.

“야야야, 이것 봐!”

앙칼진 남자 목소리를 피하며 종종걸음을 쳤다.

“야, 아네스!!”

한 층 더 큰 목소리가 공포영화처럼 그녀의 이름을 불렀다. 아네스는 반사신경처럼 뒤를 돌아보았다. 온 몸이 다 마비되는 것 같았다.

“카…칼릴 오빠…어떻게…?”

"어떻게 경찰복을 입고 있냐고? 아직 할머니에게 못 들은 모양이네, 내가 경찰이 된 것."

"경찰이 되고 싶어하는 것은 알았지만…"

항상 마을의 사고뭉치를 도맡던 칼릴이 경찰이 된 것은 너무 모순적이라, 경찰 제복과 오토바이는 어설픈 코스프레처럼 느껴졌다.

"원래 우리 집안 정도면, 경찰은 쉽게 될 수 있는 것이었는데…너와 네 엄마가 집안을 망쳐 놓아서 이제서야 된 거야, 알아? 티아란 대학교 정문 앞에 있는 경찰서에서 근무한다."

"아아…그렇구나. 축하해…할머니가 기뻐하시겠네…"

아네스는 영혼 없는 축하의 말을 건넸다.

"오늘 아침에 너네 아빠를 봤는데, 너는 왜 안 보였냐? 큰 엄마 두 명이랑 사촌들도 왔는데…바쁜 척은 하면서 어디 나돌아 다니는 거야?

암튼 너 같은 애들 때문에 경찰들이 명절에도 못 놀고…이렇게 오후 근무 나왔다. 암튼 명절에 보니 은근 반갑네."

"으응…나, 나도 반가워. 명절 잘 보내."

"내가 너 지켜보고 있으니까, 너 좀 긴장해야 될 거다. 허튼 짓 하고 다니면, 나한테 딱 걸릴테니 조심해!"

오른손 검지와 중지로 눈과 그녀를 번갈아 가리키다가, 손바닥으로 목을 쓰윽 치는 시늉을 한다. 살쾡이 같은 그의 눈빛과 더해져 소름 끼치게 위협적이었다.

"난 수업 끝나면 도서관에만 있으니, 걱정하지 마. 사고칠 일 없어."

당당하게 말하려 했지만, 아네스의 말 끝이 떨렸다. 오른손으로는 오늘 받은 책을 넣어 놓은 가방을 꼭 움켜 잡았다.

"아아, 아니다…너 사고 쳐도 되겠다. 너 때문에 늦게 경찰일을 시작했으니, 네 덕에 좋은 건 수 하나 잡아서 승진이라도 좀 빨리 해 보자. 암튼 사고 하나 쳐라…키이킥킥킥."

독사 같은 그의 웃음과 시선을 뒤로 하고, 낮 동안 달궈진 여자 기숙사로 발걸음을 재촉했다.

기숙사에 도착한 아네스는 룸메이트 아이샤에게 인사를 하는 둥 마는 둥 하고, 침대에 들어가 누웠다. 삼십 분쯤 지나 룸메이트는 밤 기도시간에 맞춰 캠퍼스에 있는 모스크를 향해 방을 나선다. 밤 8시 30분쯤 되었나보다. 기숙사에서 후문쪽으로 가다가 있는 모스크의 스피커에서 아잔* 소리가 나오기 시작해 기숙사를 휘감는다.

아네스는 주섬주섬 일어나, 망설이다 작은 책을 꺼내 들었다. 다른 책 사이에 껴서 보이지 않게 하고 읽기 시작했다.

1장, 2장…3장을 향해 나아가면서 아네스는 책속에 빠져들기 시작했다. 처음에는 집중해 읽다가, 어느덧 마음이 안정되며 졸음이 왈칵 쏟아졌다.

---

* 아잔 - 하루 5번의 기도시간을 알리는 이슬람의 기도 소리. 예전에는 모스크 첨탑 위에서 육성으로 했지만, 지금은 스피커를 이용해 매우 큰 소리가 난다. 녹음을 사용하지 않고, 항상 라이브로 하는 것이 특징이다.

마중물

비몽사몽…후끈한 더위와 함께 목이 말랐다.

언제인지 정전이 되어 천장 선풍기가 꺼져 있는 것 같았다. 흥건하게 땀이 나 배개가 눅진눅진하게 젖어 있었다. 어제 밤 늦게까지 한국 드라마를 보던 아이샤는 이 더위에도 깨지 않고 있었다. 핸드폰 플래시시를 켜 보니, 매일 가지고 다니는 1L짜리 물통에는 물이 두모금 정도 남아 있었다. 미지근한 물을 입에 머금고 입을 헹군 후 넘겼다. 전기가 없이 고요한 방안에서 꿀꺽하는 소리가 유난히 크게 느껴졌다. 남은 물도 다 마셨지만, 더위는 아직 가시지 않았다.

침상 밑에 숨겨 놓았던 작은 책을 다시 꺼내 들었다. 여느 정전 때처럼 핸드폰 라이트를 켰다. 아네스는 4장의 이야기 속으로 빠져들어갔다. 어느새 책의 내용은 그의 망상과 섞이기 시작했다.

아네스는 흙먼지가 이는 길에 물동이를 들고 우물가로 다가가고 있었다. 거의 검은색으로 보이는 짙은 색 천으로 머리를 가리고, 때로 하늘을 바라보는 시선에는 공허함이 비쳤다. 뜨거운 태양 아래…텅 비었다고 생각했던 우물가에는 한 사내가 앉아 있는 것이 보였다.

'사…살려 주세요…'

마음 속에 터져 나온 외마디는 상상하지 못해 본 것이었다. 칼릴과 마주쳤던 공포감이 잔상으로 남아 있었나 보다. 팽팽하게 당겨진 고무줄이 내는 높은 주파수의 진동 소리였다. 그 내면에는 트라우마를 마주하고 있는 어린 아이가 울고 있었다. 사람들에게 외면당하고 철저히 고립되어 있는 그 어린아이는 어떤 운명적인 만남을 애타게 찾고 있었던 것 같다.

수없이 쌓아 올렸던 기대는 수없이 무너져 내렸었고, 알라에게 조차도 버림받은 결핍과 상처로 그녀의 내면은 마른 바닥이 드러나 쩍쩍 갈라져 있었다.

발걸음이 휘청이며 눈을 질끈 감았다. 걷기 위해서는 잠시 멈추고, 마음을 추스려야 했다.

간신히 힘을 내서 몇 발자국을 옮긴다. 점점 가까워지는 외간 남자와의 조우가 주저되었지만, 조용히 눈을 감고 있는 그를 애써 외면하며 힘겹게 걸었다.

"아네스, 내게 물을 떠 주겠니?"

우물까지 열 발자국 정도 거리였다. 우물 옆에 앉아 있던 남자는 눈을 들고 말을 걸었다. 깊은 눈동자에 부드러운 음성이었지만, 진공상태 같은 그녀의 내면에 낙뢰처럼 묵직하게 내리쳤다.

순간적으로 그가 누구인지 알 것 같았다. 하지만, 성인 남자가 유독 불편한 아네스는 어떻게 해야 할 지 몰라 몸이 굳어졌다. 그렇게 몇 초가, 아니 몇 분이 흘렀는지 모르겠다.

"사실… 나는 물이 필요하지 않아. 오히려 아네스 네가 목마른 것을 알고 있지. 너에게 영원한 생수를 주고 싶어 우물가로 왔어. 이 우물물은 마셔도 다시 목마르겠지만, 내가 주는 물은 영원히 목마르지 않는 물이기 때문이야. 이 물은 생명의 마중물이 될 거야. 이 물을 마신다면, 네 속에 감춰졌던 생명이 끊이지 않고 솟아 나오게 될 거야. 네 속에 영원한 기쁨이 솟아 나올 거야."

그는 하고 싶은 얘기를 하기 보다 아네스가 듣고 싶은 말을 진심을 담아 해 주고 있는 것 같았다. 마음을 표현하느라 미간에 힘을 주어 이마에 주름이 생긴 것을 아네스는 물끄러미 바라보았다.

아네스는 영혼의 갈라진 바닥에서부터 느껴지는 극심한 갈증을 느꼈다. 목이 메는 것을 참고 간신히 대답했다.

"네네네…선생님…제발…살려주세요…그 물을 저에게 주세요. 목이 말라 우물을 찾는 것에 지쳤습니다. 내 영혼은 갈증으로 말라 죽어가고 있어요."

"그래, 아네스. 네가 그동안 이 물을 찾아 너무 많은 곳을 헤매어 다녔어. 그 갈증을 해결해 보려고, 책을 읽었지. 대학에 와서는 879권의 책을 읽었어. 어릴 적부터 읽은 책까지 합치면 3279권이고, 지금도 17권은 읽으려고 예약해 놓았어. 그래, 그 책에서 목마름을 해결할 수 있었니?"

눈이 휘둥그레진 아네스는 한 층 텐션이 올라간 목소리로 물었다.

"오…선생님, 그걸 어떻게 아셨어요? 당신은 정말 나를 아시는 군요. 코란에 나오는 것처럼 당신은 정말 위대한 선지자이세요…그나마 책을 읽는 것이 제일 좋았어요. 하지만 어떤 책도 나의 목마름을 충분히 채워주지는 못했어요. 바닷물을 마신 것처럼 더 갈증이 심해질 뿐이었어요. 그래서 더 많이 읽고, 더 많이 빠져 들었죠."

연민을 가지고 조용히 고개를 끄덕이는 그 남자를 향해 더 많은 말을 하고 싶어졌다.

"선생님, 저는 엄마에게도, 아빠에게도 버림받았어요. 동네 아이들에게는 놀림감이었고, 친척들에게는 투명인간이었어요. 그래도 오랫동안 꿈꿔왔어요. 언젠가는 인생의 만남을 가질 것이라구요. 내면의 결핍을 완전하게 채워 줄, 내 거절감을 완전히 잊게 해 줄 누군가를 만날 수 있을 것이라구요."

"그래…아네스야. 내가 길이고, 진리고, 곧 생명이다. 나를 통해 하늘 아버지와 영원한 사귐을 이룰 수 있어. 그 길을 나와 함께 가 보겠니?"

"예수님, 결국 알라에 대한 얘기인가요? 어릴 때부터 모스크에 다녔지만, 제 공허함은 한 번도 채워지지 않았어요. 그곳에서 알라에 대해 신앙을 고백하고, 메카를 향해서 기도하고 예배했어요. 코란도 읽어 보았고, 그 곳에서 이사 알마시…당신에 대한 이야기도 읽은 기억이 나요. 당신은 기적을 행했다고 알고 있어요."

예수는 그녀의 말을 경청하고 있었다. 이미 그녀가 무슨 말을 할지 다 알고 있는 것처럼, 옅은 미소로 그녀의 마음에 다가갔다.

"하지만, 하늘 아버지라니…가당치 않아요. 알라는 위대하고 두려운 분이지만, 나 따위에게는 전혀 관심이 없어요. 내가 기도를 하든, 라마단 금식을 하든…전혀 모르고, 알고 싶어 하지도 않으실 거에요.

그리고, 저는 이미 이 모든 것이 종교적 허구라고 결론을 냈어요. 신은 없고, 있다고 해도 그런 신은 저에게 필요 없어요."

"아네스, 나를 통해 하늘 아버지를 볼 수 있다. 내 이름으로 기도할 때 아버지는 너의 외침을 들으셔. 좀 전에 살려달라는 너의 신음소리도 이미 하늘 아버지가 들으셨어."

아네스는 마음을 꿰뚫는 그의 음성에 더 마음이 열렸다. 갑자기 예배에 대한 갈증이 생겼다.

"그러면, 저는 어디서 기도해야 하나요? 모스크에는 수없이 가 봤지만, 그 하늘 아버지는 없는 것 같아요. 교회라는 곳에 가야 하나요? 무슬림인 제가 교회 건물에 들어가면, 아마 그 건물은 폐쇄되거나 폭파될 거예요.

또…메카를 향해 기도해야 하나요? 아니면 예루살렘을 향해 해야 하나요?"

"모스크나 교회 건물, 메카 방향이나 예루살렘 방향은 전혀 중요하지 않단다. 너는 나를 통해 어디서든 어느 방향으로든 자유하며 예배할 수 있어.

하나님은 영이시니 모든 곳에 계시고, 나를 따를 때 내가 길이 되어 너를 하나님께 인도할 수 있단다. 그저 영과 진리로 예배하면 된단다."

저 멀리 한 여인이 물동이를 들고 우물가로 오는 것이 보였다. 아네스는 그녀가 도착하기 전 이 대화를 마무리하고 싶어졌다.

"예수님, 그냥…당신이 좋은 분인 것을 알겠어요. 하늘 아버지…아버지에 대한 어감은 별로지만…글쎄, 그분이 계시다면 한 번 만나 보고 싶긴 해요. 하지만, 더이상 상처받고 싶지 않아요. 내 엄마를 그렇게 죽도록 방치한 신이라면, 나도 그렇게 방치할 것 같아요."

예수는 아네스의 마음을 달래 주는 듯 고개를 끄덕여 주었다. 강요하지 않는 그의 미소가 그녀의 마음을 여유 있게 만들었다. 왠지 충분한 위로를 받은 느낌이었다.

예수님 뒷편 마을에서 익숙한 소리가 들려왔다.

알라후 아크바르 알라후 아크바르
알라후 아크바르 알라후 아크바르
하이야 알라스살라

*하이야 알랄팔라**

아잔 소리였다. 얼마나 깊은 잠을 잔 것인지…

아함…쭈우욱…기지개를 켰다. 새벽 아잔 소리에 습관적으로 일어났다.

어릴 때는 하루 5번 울리는 아잔 소리에 따라 5번 기도하곤 했다. 크면서 점점 기도가 소용없다고 느껴졌고, 새벽의 아잔 소리는 그저 기상 알람을 대신할 뿐이었다.

'예수님, 어제 밤 꿈에 와 주셨네요. 덕분에 기분 좋게 잘 잤어요. 또 만나요'

기도인지 혼자말인지 알 수 없는 생각을 하며 하루를 시작했다.

〈사마리아 여인의 노래〉

짙은 천으로 머릴 가리고 공허한 시선 하늘을 보네
내 속에 우는 어린 아이와 우물가로 가네
고립되었던 나의 삶 속에 기적과 같이 찾아온 음성

---

* 이슬람의 기도 문구, 다음의 의미이다. '알라는 위대하시다', '기도하러 올지어다', '구원을 향해 나아오라'

오래 꿈꿔온 인생의 만남 우물가에 있네

나를 마중하시네 생명의 물을 주러
오랜 결핍을 채우며 내 안에 샘물 솟아나네
나를 기다리시네 품에 안아 주시려
깊은 거절감을 잊고 영원한 사귐을 얻네

주를 예배합니다 신령과 진정으로
헛된 방향을 구하던 나에게 참 길이 되시네
주를 소개하리라 메시아 그리스도
나의 영원한 하늘 아버지 사랑합니다

신분증 속의 나

"안녕, 아네스? 오늘은 뭔가 좀 달라 보이는데…뭘까?"

다음날…수업이 끝난 후 아네스는 도서관에 가는 대신, 다리카페로 향했다. 어제의 꿈에 대해 이야기하고 싶었다.

가애는 소심하게 문을 열고 들어온 아네스를 반갑게 맞아 주었다. 선우는 간단히 인사만 하고 바쁜 듯 주방으로 들어갔다. 곧 가애와 이야기를 시작하자 갓 구운 스콘과 미리 내려 놓은 커피에 뜨거운 물을 부어 가져다 주었다. 츤데레처럼 행동하는 선우에게 마음이 갔다. 그의 앞모습을 보면 부끄러웠고, 뒷모습을 보면 설레었다. 잠시 후 다이아나가 지나가다 들렸다며 카페로 들어왔다.

"안녕? 아네스, 가애가 준 책을 좀 읽어 보았어?

"아직은…그냥 예수와 인사한 정도?"

"그래, 무리하지 말고 천천히 시간 될 때 읽어 봐."

"그래도 4장에서 예수와 좀 가까워진 것 같아. 꿈에 우물가에 나오셨거든. 내가 법적으로 무슬림이 크리스천이 될 수는 없지만, 일단 그 책을 좀 더 읽어 볼게."

아네스는 책을 읽다 공상에 빠지는 습관이 있는 것을 얘기하고 싶지 않았다. 예전 마을 아이들처럼 아네스를 이상한 눈으로 볼 것 같았다. 이슬람에서 꿈은 영적인 것이다. 꿈에 나왔다고 하면 편하게 이해할 것 같았다.

평소 로멘스 코미디 소설을 좋아하는 가애가 들 뜬 목소리로 말했다.

"아네스, 예수님이 꿈에 나왔다고? 너 정말 좋았겠다. 나도 예수님을 꿈에서 만나보고 싶었는데, 내 꿈에는 안 나오시더라고. 나오시면 꼭 안아 드리고 싶은데…옛날 식으로 볼 키스도 한 번 하고…암튼 너 완전 럭키! 뭔가 좋은 일이 있을 것 같은데…히히히"

이어서 다이아나도 차분한 목소리로 대화를 이어갔다.

"그래, 법적으로 크리스챤이 될 수 없다는 것은 슬픈일이야. 신분증*에 몇 글자만 바꾸면 되는 일인데, 이렇게 힘들다니. 나중에 라도 바꿀 수 있는 법이 생기면 더 좋겠지만, 그것은 중요하지 않아. 예수님을 만나고, 네 삶의 주인으로 받아들이는지가 더 중요한 것이지."

"예수님을 주인으로 받아들이는 것이 뭔데? 그러면 어떻게 되는 건데? 히잡을 벗으면 되나? 모스크 대신 교회에 나가야 할까?"

"아네스…내 생각에 바로 교회 간판이 있는 예배당을 나갈 수는 없을꺼야. 하지만 걱정하지 마. 교회는 건물이 아니고, 예수님을 믿고 모이는 공동체야. 카페에서 모이든, 집에서 모이든, 바닷가에서 모이든 그 모임이 교회인 거니까…모스크 가듯이 교회 건물을 찾아가지는 않아도 돼."

"그래, 가애야…다른 나라에서 교회에 무슬림이 왔다가, 종교 경찰이 찾아와 교회를 폐쇄해 버렸다는 뉴스를 본 적이 있어. 예배 시간도 아니고 도움이 필요해서 외국인들 모임에 잠깐 갔다는데도…예라비도 이슬람 종교법이 있어서 위험할꺼야."

---

* 신분증 – 대부분의 이슬람국가의 신분증에는 종교가 표시되어 있다. 명분상 종교의 자유가 있지만, 무슬림의 종교를 바꾸려는 신청이 법원에서 기각되어 실제적으로 바꿀 수 없는 나라가 많다.

"맞아, 그리고, 히잡도 그대로 쓰고 다녀. 괜찮아*. 예수님의 어머니가 마리아인데, 영화나 옛날 그림을 보면 다 머리에 스카프를 쓰고 있어. 아마 네가 읽은 우물가의 여인도 당연히 히잡을 쓰고 있었을꺼야. 그게 사막지방의 풍습이었으니까. 그렇게 외형적인 것은 전혀 중요하지 않아."

"아, 그럼 예수를 믿는 사람들도 히잡을 썼었다는 거네?"

"초대교회 시대에는 쓴 사람이 많았을꺼야. 물론 신앙 때문에 쓴 것은 아니지. 그저 그 때의 문화였던 거지.

그리고, 네가 모스크에 나가야 한다면, 가도 괜찮아. 심지어 거기서 똑같이 절하며 기도해도 되지만, 한가지만 기억해. 예수님의 이름으로 하늘 아버지께 예배하는 것이지."

아네스는 어제의 책에서 예수살렘이나 다른 산에서가 아니라, 영과 진리로 예배해야 한다는 말이 마음속에 되새겨지는 것 같았다. 조금은 불안한 아네스를 편안하게 해 주는 친구들 덕분에 옅은 미소가 지어졌다. 하지만, 하늘 아버지라는 말에 입꼬리가 경직되며 침이 꼴깍 넘어가는 것이 느껴졌다.

---

* 괜찮아(상황화) – 무슬림의 상황과 문화를 고려해, 수용하기 쉬운 방법으로 복음을 전하고, 신앙생활을 하도록 허용하는 선교방식. 믿게 된 이후 이슬람 양식 그대로 동족 안에 살며 신앙생활 하도록 하는 내부자 운동으로 이어지기도 한다.

"글쎄…아버지…난 솔직히 이 호칭이 맘에 안 들어. 나에게 아버지는 알라처럼 매정하고, 권위적인 먼 존재일 뿐이거든. 혹시 다르게 부를 수 없을까?"

"우리는 하나님이라고 부르는데, 이는 유일신을 일컫는 거야. 사실 어원은 알라, God 모두 유일한 신을 뜻하는 말이지. 네가 원한다면 하나님, 알라, God 중에서 원하는 대로 불러도 되.

실제 많은 기독교 성경책에서 하나님을 '알라'로 번역해 표기해 놓았어.

중요한 것은 예수님을 통해 하나님의 성품과 능력을 알게 되고, 그분이 네 아버지가 되어 너를 얼마나 사랑하셨는지를 알게 되는 것이지."

"그래…나도 좋은 아버지를 둔 아이들이 부럽기는 했었어. 암튼 내 아버지는 나쁜 사람이니, 일단은 하나님이라고 불러 보자. 한국어로 하나가 1인 거지? 그런데, 네가 준 책을 다 읽고 나면, 세례라는 것을 받을 수 있는 거니?"

'세례'라는 말이 나올 때마다 가애와 다이아나는 꿈질했다. 감격하는 마음과 놀란 마음이 동시에 튀어나왔다. 무슬림이 세례를 받는다면 도대체 어떤 일이 생길지 예측하기 어려웠다. 즉답을 할 수 없어,

머뭇거릴 때 가애가 화재를 돌렸다.

“내가 인터넷에서 본 건데, 코란의 60% 정도가 구약 성경에 나왔던 내용이래. 심지어 8% 정도는 신약성경에 나오는 내용이라고 하더라고. 물론 디테일과 분위기는 많이 다르겠지만…”

“아…그럼 가애야. 코란을 읽으면서도 예수님을 믿을 수 있는 거야?”

다이아나가 급 정색을 하고 얘기를 정리했다.

“아네스, 코란에도 이사 알마시 라는 이름으로 예수님이 나오는 것은 사실이야. 하지만, 하나님의 아들이나 구원자로 표현되지 않고, 위대한 선지자로만 적혀 있어. 아무리 비슷한 내용이 있다고 하더라도, 코란으로 구원자 예수님을 만날 수는 없을거야.”

“좋아! 다이아나, 그럼 앞으로 코란은 안 읽는 것으로!!”

“작은 책이지만, 요한복음은 예수님을 만날 수 있는 좋은 책이고, 그분의 말씀이야. 아마도 이 책이 아네스를 치유하고 변화시킬 수 있을 거라 믿어. 읽어가면서 중간 중간 만나 얘기해 보자.”

세명의 여인들은 조금씩 흥분되기는 마음을 숨길 수 없었다. 다이아나와 가애는 아네스의 호기심이 신기하기도 하고, 이렇게 해도 되나…혼란스럽기도 했다. 아네스는 불행만을 주었던 이슬람을 떠날 수 있다는 것만으로도 행복의 가능성이 열리는 것 같아 기대가 생겼다. 사실 어제 책과 망상속에서 만난 예수님이 그녀의 마음을 조금씩 열고 있었다.

잠시 후 친구들이 몇명 더 카페로 왔다. 지난 번 세례를 받은 타우와 타후도 행복한 얼굴로 등장했다.

"친구들…프리스비하러 가자…"

"헤헤…가애야, 카페 좀 봐줘…오늘 손님도 많지 않을 것 같으니, 급한 건 네가 직접 좀 하고. 나 프리스비 좀 하고 올께. 아네스, 너도 같이 가자."

"야, 마선우, 너 정말 이러기야?"

"가애야, 동기 사랑 나라 사랑! 너 있을 때나 내가 잠깐 놀지. 너 가면 이제 놀지도 못한다."

"으그 으그…이러 때만 동기지…"

아네스는 프리스비를 그리 즐기지 않았지만, 선우가 경기하는 모습을 보는 것이 좋았다. 실수해도 웃음으로 넘어가주는 친구들에게도 정이 점점 들어갔다.

그렇게 명절 일주일이 흘러가고, 아네스는 새로운 친구들이 생겨서 좋았다. 학교는 다시 수업이 시작되었다. 논문에 본격적으로 바빠져서 그 작은 책을 읽을 시간 없이 하루 하루가 지나갔다.

돌팔매

‘사람 살려! 엄마를 살려 주세요!! 제발요…’

아네스는 외마디 소리를 지르며 여인에게 달려들었다. 옆에서 큰 그림자가 다가오는 느낌이 들며 한 사내가 그 달음박질을 막아섰다. 아네스를 번쩍 안아올려 안전한 곳으로 옮겨 내려 주었다. 사내에게 번쩍 들리는 것이 이상해 손을 내려다보니, 고사리같이 작은 손이었다. 어린 아이로 돌아간 아네스는 야트막한 나무 그늘 밑에 내려졌다. 흙먼지가 걷히며 주변 상황이 눈물 고인 눈동자에 뿌옇게 들어왔다.

그 남자 뒤쪽으로, 찢겨진 옷을 입은 한 여인이 보였다. 반대편에는 돌을 들고 분노한 남자들의 무리가 대치하고 있었다. 살기를 띤 사람들 뒤쪽에는 빈정대는 웃음을 띈 몇몇도 보였다. 무리가 포위망을 조금씩 조여왔다. 마치 군대처럼 발을 구르며 돌맹이의 사정거리로 접근해가자, 흙먼지가 피어올라 바람을 타고 여인은 흙투성이가 되어갔다.

상상 속에 있던 엄마의 모습 그대로였다. 옆으로 비껴나 있는 아네스의 눈에는 먼지 섞인 눈물이 찐득하게 흘러내렸다. 바닥에 털썩 주저 앉아 엉엉 울었다.

저런 공포와 절망으로 엄마의 영혼은 이미 무너져 내렸으리라. 그들은 엄마를 사람으로 보지 않았으리라. 마치 길가에 박혀있는 돌뿌리처럼 부셔서 뽑아 버려야 할 장애물로 여겼으리라.

"이스라엘의 수치! 저 간음한 여인을 돌로 쳐 죽입시다!"

"옳소. 모세의 율법대로 저 여인을 죽여 이 마을의 명예를 되찾읍시다."

"돌로 쳐 죽이자! 죽이자!"

"예수님!! 살려주세요. 제발 구해 주세요! 저들이 여자를 죽이려 해요."

아네스가 외칠 때 여인은 모든 것을 체념한 듯 몸을 움츠리고 머리를 땅에 떨어뜨렸다.

그저 흙 묻은 길가의 돌멩이가 되었다. 사람들은 그녀를 침 뱉고, 발로 차고, 돌팔매로 죽이려 했다. 손가락질과 저주의 말이 꼬챙이가 되어 이 돌멩이의 심장을 후벼 판다.

"너는 마을의 수치다! 죽어라! 죽음으로 하늘의 벌을 받아라!"

“더러운 여자!”

“모두 같이 돌을 던집시다! 죽여라! 죽여라!”

아네스 쪽을 향해 촉촉한 눈을 돌린 예수의 시선과 마추칠 때, 아네스는 마음 속으로 외쳤다.

‘예수님, 저 사람들이 여인을 죽이려는 것을 막아 주세요.

당신은 기적을 행할 수 있잖아요…’

마음 속 외침을 알아들은 것처럼, 아네스를 향해 고개를 끄덕였다. 예수님은 여인 앞에 쪼그려 앉아 땅에 무엇인가를 쓰기 시작했다.

시간이 멈춘 듯 침묵이 흐른다. 사람들은 예수의 괴이한 행동에 하나 둘 호기심을 갖기 시작했다.

가까이 있는 사람들이 땅 위의 글을 보더니 표정이 급격히 굳어진다.

“죄가 없는 자가 먼저 돌로 치라!”

몸을 일으키며 내뱉은 그의 나지막한 선언에는 일말의 분노도, 적대감도 느껴지지 않았다. 오히려 몇몇 선동꾼에 부화뇌동해 몰려온 사람들에 대한 연민이 느껴졌다. 사람들을 바라보는 그의 깊은 눈빛에는 모든 것을 꿰뚫고 있다는 초월적 지혜가 발산되는 것 같았다.

그 능력을 땅에 써 증명하는 것일까? 예수는 다시 땅에 무엇인가를 쓰기 시작했다. 돌팔매의 궤적을 막아선 위치에서 예수는 여인을 변호하고 있었다. 짧은 선언은 돌을 들고 있는 사람들의 양심에 파장을 일으켰다. 양심의 울림이 공명이 되어 사람들 사이에 퍼져 나갔다. 어떤 사람은 재수 없다는 듯 미간을 찡그렸다. 다른 사람은 마비된 양심이 풀리듯 힘없이 돌을 떨어뜨렸다.

'죄…죄 없는 자가 돌로 치라고? 아… 저 예수는 내 모든 죄를 알고 있는 것 같아.'

'내가 돌을 던지면, 저 사람은 내 죄를 사람들 앞에서 얘기할 수 있을 것 같아. 이럴 땐 조용히 빠지는 게 상책이지…'

'오…하나님, 내 죄를 용서 하소서…'

앞쪽에 서 있던 몇 명이 슬그머니 물러났다. 군중들의 전의는 점점 무너져 내렸다. 슬금슬금 자리를 떠나기 시작했다.

결국 예수님과 여인이 자리에 남았다.

"여인이여, 당신을 정죄하던 사람들은 어디 있는가?"

"주여 없습니다."

"나도 너를 정죄하지 않겠다. 가서 더 이상 죄를 짓지 말라."

다리를 끌며 멀어져 가는 여인을 뒤로 한 채, 예수는 아네스를 향해 몸을 돌렸다.

"엄마…엄마…"

엄마의 사건과 오버랩되어 아기새처럼 부르르 떨고 있는 아네스의 어깨에 부드러운 손길이 얹어졌다. 그 손길은 오히려 아네스의 통곡을 끌어올렸다.

"어엉엉엉…예수님, 당신은 엄마가 돌에 맞아 죽을 뻔 했던 그 자리에도 있었나요? 엄마의 영혼이 두려움 속에 죽어갈 때, 당신은, 당신은 어디에 계셨나요? 왜 오늘처럼 엄마를 막아주지 않았어요?"

아네스는 가슴이 뜯어지는 것 같은 고통을 느끼며 예수님 앞에서 절규했다.

부드러운 손길은 들썩거리는 어깨에 여전히 놓여 있었다. 한참이 지났을까…격정적이던 감정이 잦아들었을 때에 예수님의 음성이 들렸다.

"아네스야…그 자리에 나도 이미 너와 함께 있었단다. 네 엄마와도 함께 있었지. 그 날 나는 엄마뿐 아니라 그 마을 사람들을 구원할 내 뜻에 대해 다시 한 번 다짐했단다. 엄마의 일은 너에게 최선이 아닌 것처럼 보이지만, 이 또한 내 뜻 안에 있었다는 것을 믿어 주렴."

"최선이요? 정말 최악이에요! 그 자리에 있었다면서…엄마를 구해 주지 않은 것은요, 엄마가 저 간음한 여자보다 더 잘 못 했나요? 종교를 선택한 죄 뿐이 없잖아요. 그렇게 비참한 최후를 맞이했어야 했나요…. 엄마…엄마…으흐흐흑…"

눈을 질끈 감아 버렸다. 오열하며 고통에 몸부리는 아네스를 주님은 품에 안으셨다.

"아네스야, 나도 네 엄마처럼 죽이려는 사람들 앞에 서 봤다. 나를 죽이라고 소리치는 군중 위에 심판의 불을 내릴 수도 있었지. 하지만, 그건 아버지의 뜻이 아니었어. 내 뜻도 아니였단다. 깨어진 세상 가운데는 고난을 통해 아버지가 이루셔야 할 일도 있는 거란다.

그렇게, 네 엄마의 고난도 나의 뜻 안에 있었다는 것을 믿어다오."

〈회복〉

영원한 사랑 덮으시네
나의 눈물 닦으시네
심판의 시간 앞에 날 막아서는
나의 구원자

한없는 은혜 부으시네
나의 한숨 바꾸시네
돌팔매 앞에 날 감싸 안으시는
나의 예수님

어둠 속 죽어가는 죄인
대신 수치 고난 당하신
예수 십자가 그 보혈로
다시 날 살리시네
내 안에 악을 제하시고
정결하게 씻어 주소서
구원의 기쁨 회복하고
주를 찬양합니다

갑자기 익숙한 목소리 하나가 끼어들며 아네스의 망상은 뿌옇게 먼지속에 흩어졌다.

“야…아…아네스!! 괜찮아? 이런, 이런…무슨 일이야? 자고 있는 것 같지도 않은데…또 꿈 속에서 바다 괴물하고 싸운 거야? 이번에도 괴물이 엄마를 쫓아갔구나…?”

기도를 마치고 들어온 룸메이트 아이샤가 땀과 눈물로 뒤범벅이 된 아네스를 향해 소리를 지르며 달려왔다. 아네스는 여전히 책과 망상 속에 빠져 있다. 친구를 향한 시선은 초점이 없었다.

“아네스, 이러다 정말 병원 치료라도 받아야겠다. 정신 좀 차려봐!”

“아이샤…미안. 나 괜찮아. 논문 때문에 너무 스트레스를 받아서 그런가봐. 뭔가 무서운 꿈을 꿨어. 너무 피곤했나봐.”

"아이고…그러게, 좀 미리 미리 쓰기 시작하지…진작 마무리 했으면 좋았잖아. 인샬라…"

룸메이트가 손수건으로 이마의 땀을 닦으며 어깨를 흔들어 깨울 때에야 현타가 왔다. 반사적으로 책을 탁 덮으며, 옆으로 치워 놓았다.

"이런 이런…아네스 이번에는 무슨 책을 보다 이렇게 악몽을 꾸지?"

책을 향해 뻗는 손을 재빨리 채 잡으며, 아네스는 말을 돌렸다.

"인간의 죄의 문제에 대해 생각하고 있었어. 알라는 우리의 죄를 용서할까? 최악의 상황에서도 알라가 함께 계시다는 것을 우리는 믿어야 할까? 알라가 부재하기 때문에 최악의 상황이 벌어진 것이 아닐까?"

"참 나…죄의 문제와 씨름하고 있다고? 그 간단한 걸 왜 고민해? 인샬라*… 모든 것이 알라의 뜻에 달려 있는 거잖아. 우리는 우리 나

---

* 인샬라 – '알라의 뜻대로 이루어지길' 의미이다. 질문에 대한 답으로 했을 경우 '예'인지, '아니오'인지 파악하기 매우 어렵다. 믿음으로 구원받은 기독교 신앙과는 달리 구원도 '인샬라'이므로 구원의 확신이 없다.

름대로 노력할 뿐이고.”

“만약에 알라와 우리 사이에 한 중재자가 있어서, 우리 죄를 대신해서 벌을 받고, 우리를 용서해 달라고 했다면 어떨까?”

“에이…그건 말도 안 돼. 인간은 모두 죄인인데, 누가 나 대신 벌을 받는 다고 내 죄가 없어지냐? 차라리 염소를 대신 잡아 쿠르반 제사를 드리는 게 낫지. 너 요즘 기도도 안 하더니, 엉뚱한 생각을 하고 있네. 너 정말 그러다 알라의 심판을 피하지 못한다. 천국으로 가는 다리는 머리카락보다 얇고, 칼날보다 날카롭고 미끄럽다고 안 배웠어?”

“그래, 그렇지. 그런데 난 왠지 알라가 정말 위대하고 선하다면, 더 튼튼하고 완전한 다리를 하나 더 만들어 놓으셨을 것 같은 생각이 들어. 아스 시라트 말고, 더 완벽한 다리를…알라는 완전한 분이잖아.”

“야야야…아네스, 너 어디가서 이런 얘기하지 마라. 그냥 모스크에서 배운대로 알면 되지, 엉뚱한 생각하다 알라가 아니라 종교 경찰에게 먼저 심판 받는다. 어디 가서 나랑 이런 대화 했다고 하지도 말고.”

점점 심각해지는 룸메이트의 말에 아네스는 움추려 들었지만, 돌을 든 사람들 앞에 당당히 행동하던 예수의 모습이 잊혀지지 않았다.

'왜 아빠는 엄마를 이렇게 지켜주지 못한 것일까? 알라는 가족을 지키는 용기보다 율법에 대한 순종만을 원하시는 것일까? 과연 무엇이 죄이고, 무엇이 정의일까…'

지하드와 십자가

"야…아네스. 너 이제 그만 까불어라. 그러다 내 손에 죽는다!"

매일 오가던 길이 더 이상 안전하지 않았다. 전자 담배 연기로 얼굴이 똑바로 보이지 않았지만, 누구의 목소리인지 본능적으로 알 수 있었다.

다리 카페를 다녀온 며칠 후 그와 다시 마주쳤다. 대학 캠퍼스 안에 있는 모스크를 지나 기숙사로 향할 때였다. 경찰 오토바이를 타고, 제복을 입고 나타난 칼릴은 카랑카랑한 목소리로 다짜고짜 그녀를 위협했다. 헬멧을 벗고 금줄을 덧댄 검은색 쿠피*를 쓰며 다가왔다. 한동안 안 보이더니 메카로 성지 순례를 다녀 왔나 보다.

'저, 독사같은 양아치 녀석….'

---

* 쿠피 - 무슬림 남자들이 쓰는 반구형의 모자. 낮은 원통형도 있다.

머리를 둔기로 얻어맞은 것처럼 무거운 종소리가 났다. 공포와 증오가 뒤섞여 소용돌이 쳤다.

"쿠피 보고 놀랐냐? 종교 경찰이 되려면 메카에 성지순례를 다녀와야 해서, 얼마전에 다녀왔다. 이번에 겨우 종교 경찰로 옮기게 될 것 같다. 하하하…

야, 근데 윗분들에게 들어보니…아마 너희 아빠가 사이비 종교에 대해 잘 대처했었어서 가능한 일이었다네. 엄마 문제는 있었지만, 그래도 종교적인 헌신이 있는 집안이라나? 그 수치스러운 일이 이렇게도 쓰일 수 있구나. 인샬라…크크크…그런데, 너 어쩌냐…여기도 내 관할 지역인데…큭큭큭…너 정말 조심해야겠다."

"........ 근데…뭐…뭐를 까불지 말라는 거야?"

"음음…내가 옛날부터 지하드를 좋아했잖아."

"뭔 말이야? 좀 알아듣게 말해!"

"너…전에 운동장에서 원반 던지기 하면서 놀더라. 그것도 외국인들하고…좀 알아보니, 네 엄마처럼 외국인들하고 얽혀서 수상한 짓 하고 다닌다매? 너 정말 그러다 큰일 난다. 또 수치스럽게 가문에 엿

먹일 생각하지 말고, 조용히 지내라고. 그 놈들하고 관계 끊고 알라 앞에 회개해라. 공부 좀 했다고 잘난 척하다 제대로 걸리면, 나한테 잡혀가는 수가 있다."

"이상한 소리 하지 말고…. 난 논문만 통과되면, 멀리 수도에 가서 선생님이나 도서관 직원되서 조용히 살꺼니까…건드리 마."

"너 히잡 쓴 것도 좀 불량해. 윗도리 소매도 좀 짧은 것 같고…네 엄마처럼 가방 속에 이상한 책이라도 들어있는 것 아냐? 한 번 열어서 검사해 볼까?"

아네스는 가방 깊이 숨겨 둔 쪽복음이 생각나 도끼눈을 하고 그를 쳐다본다.

"경찰이 되었다고, 여자 가방을 막 열어 보겠다고? 그게 쿠란의 율법과 맞아? 경찰에서 그렇게 훈련받았나 보네. 학교 게시판에 이런 경찰이 캠퍼스에 돌아다닌다고 올려 버린다? "

"야, 칼릴…"

저 멀리 고참이 오라고 손짓하는 것이 얼핏 보였다. 칼릴의 말이 빨라졌다.

"오늘은 내가 그냥 가지만…암튼 내가 수시로 감시할 꺼니까…하루 5번씩 기도도 제대로 하고…졸업 기념으로 나처럼 메카에 성지* 순례도 다녀와라. 제대로 신앙 생활 안 하면, 너 정말 혼난다."

그의 호전적인 말투에 두려움이 몰려 왔다. 다이아나 그룹과의 만남을 알고 있는 걸까? 극도의 반발심이 터질 듯 했지만, 제복을 입은 그의 모습에 움추러 들었다.

'글쎄…나도 모르겠다. 예수님이 진짜라면, 나를 어떻게 해 주겠지 뭐. 될 대로 되라고…'

아네스는 복잡한 마음을 다잡고, 모스크로 들어가는 척했다. 그의 따가운 시선이 느껴졌다. 우두 세정식을 하는 수돗가로 가서 씻는 듯 마는 듯…모스크 홀로 들어갔다. 돔을 감싸고 있는 창문에서 빛이 내려와 카페트 위에 퍼졌다. 매카 방향으로 지어진 모스크 앞 쪽에는 이맘이 코란을 읽거나 메시지를 전하는 작은 단상이 보였다.

여성이나 아이들이 기도할 수 있는 공간은 메인 홀의 뒷쪽이나 이층에 마련되어 있었다. 남성들이 메인 홀의 대부분을 사용한다. 아네스는 모스크 공간이 전체적으로 보이는 2층으로 올라갔다.

---

* 이슬람의 3대 성지- 마호멧(무하마드)의 출생지인 메카, 이슬람 공동체가 시작되고 마호멧의 묘지가 있는 메디나, 예루살렘에 있는 알 아스카 모스크이다.

몇몇 아라베스크 문양이나 아랍어 코란이 써 있는 벽 이외에 텅 비어 있는 벽도 있었다. 창문의 빛이 반사되어 어른거리는 벽에 요한복음의 구절이 빔프로젝터로 비치는 것 같은 착각이 들었다.

아버지께 참되게 예배하는 자들은
영과 진리로 예배할 때가 오나니
곧 이 때라 아버지께서는 자기에게
이렇게 예배하는 자들을 찾으시느니라
〈요한복음 4장 23절〉

예전과 같은 형식으로 이마를 땅에 대고 절을 하며 기도를 시작했다. 하지만, 그의 입에서 나온 고백은 예전과 다른 것이었다.

"예수님, 저는 두려워요. 주님이 살아계시고, 나를 사랑하신다면… 저를 보호해 주세요. 칼릴이 저를 해치지 못하도록 해 주세요. 저도 당신을 더 알고, 따르고 싶어요. 하지만, 히잡을 벗을 수 없고, 라마단 금식을 안 할 수 없고, 신분증에 무슬림이라는 글씨를 절대 지울 수 없습니다. 교회에 가서 예배할 수 없으니, 그저 골방에서 당신을 만나기를 기대할 뿐입니다. 어쩔 수 없이 모스크에 오더라도 이제 코란의 알라가 아닌, 성경에서 예수님과 하늘 아버지를 찾고 싶습니다. 저를 만나 주세요…"

기도를 마치고, 카페트 위에 잠시 앉았다. 아직은 확실하지 않지만, 하나님을 예배하고 있다는 느낌이 조금 들었다. 불안이 잦아들고 평안이 그의 영혼을 감쌌다.

10여분간 기도를 마치고 나올 때도, 그 하이에나 같은 칼릴의 눈초리가 느껴지는 것 같아 섬뜻했다. 하지만, 그녀의 영혼에 깃든 평안을 빼앗을 수는 없었다. 빛나는 햇살에 빛나는 푸른 잎사귀들은 잔잔한 바람을 따라 춤을 추고 있었다.

룸메이트가 없는 기숙사 방에 들어오자 마자, 가방 깊이 넣어 놓은 요한복음을 다시 꺼내 읽었다. 다시 갈증이 났다. 바다가 보고 싶어 밖으로 나왔다. 주변을 살피며 조심스럽게 다리 카페로 향했다.

다리카페의 통창문으로는 티아란 다리가 전체적으로 보였다. 2Km 정도되는 다리는 티아란 섬과 육지를 연결해 주었다. 다리가 없던 옛날에는 섬주민들이 육지에 가려면, 배를 타고 가야만 했다. 약 1시간 간격으로 배가 있었고, 배에는 자동차도 10여대 들어갔었다고 한다. 하지만, 고작 하루에 옮겨질 수 있는 자동차는 200대도 안되었다. 지금은 하루에 이천대, 아니 이만대의 자동차라도 섬과 육지를 오갈 수 있게 되었다.

다리를 바라보고 있던 아네스에게 가애가 말을 걸어왔다.

"아네스, 티아란 다리가 없는 건 상상할 수 없어. 덕분에 언제든 원할 때 육지에 다녀올 수 있으니 말이야."

"응…맞아. 나는 다리가 없던 시절을 모르지만, 할머니에게 들으면 많이 불편했다 하더라고. 고립감이 심했다고."

"응, 그랬겠다. 바다가 티아란 섬과 육지를 막고 있었던 것처럼, 우리와 하나님 사이에도 죄의 바다가 있었어. 우리의 불순종과 죄 때문에 하나님과의 사이에 절벽이 생긴 거지. 그래도, 하나님은 우리를 만나는 방법을 알려 주셨는데, 그것이 이스라엘 사람들이 하던 제사의 방법이야. 양을 잡아 그 피로 속죄의 제사를 드린 후에야, 대제사장이 하나님을 만날 수 있었어. 1년에 겨우 몇 번 하나님이 임재하셨던 성막의 안쪽으로 들어가 그분을 만나는 거야. 마치 배를 타고 육지를 오갔던 것처럼."

"불완전한 연결이었네…."

"응 맞아. 그런데, 하나님은 우리와 온전한 연결을 갖기 원하셨거든. 그런데, 죄와 뒤엉켜 있는 우리와 거룩한 하나님이 함께 하실 수는 없잖아. 그래서, 하나님은 우리의 죄를 단번에 해결할 수 있는 방법을 찾으신 거야. 영구적인 다리를 놓아 주신 것이지."

"하나님의 아들이라고 하는 예수님을 얘기하는 것이구나…난 아직까지 요한복음의 뒷부분까지는 못 읽었어."

"그래. 천천히 네가 받아들일 수 있는 속도로 읽어가면 돼. 뒷부분으로 갈수록 예수님이 우리에게 어떤 다리를 놓아 주셨는지 알게 될 거야."

왁자지껄 하는 소리와 함께 선우가 두명의 손님을 가이드해 카페로 들어왔다.

"아효…우리 큰엄마, 큰아빠…오시느라 정말 수고 많으셨어요. 많이 피곤하시죠?"

가애가 활짝 편 얼굴로 맞이한다.

"그래, 우리 가애 잘 지냈어? 선우 도와줘서 너무 고마워."

"뭘요…선우가 아직 어리버리하니 제가 챙겨야죠, 히히.
아네스, 여기 선우 부모님이셔. 우리는 어릴 때부터 가족처럼 지내서 내 큰 아빠, 큰 엄마나 마찬가지셔."

"오…선우가 오면서 얘기하던 그 예쁜 현지인 아가씨구먼. 아네스 양…정말 반가워요.

예쁜 아가씨라는 말에 아네스의 심장은 기습을 당했다.

"안녕하세요…"

선우 어머니의 영어 인사에, 아네스는 서툰 한국말 인사를 건내 본다.

"그래, 아네스, 반가워요.

가애야, 부모님도 잘 지내시지?"

"네, 우리 부모님은 뭐 항상 해피하시죠 뭐. 서로 연락 많이 하시잖아요…호호…어쩌면 저보다 더 많이 연락하실지도 몰라요. 저는 요즘 바빠서 그냥 생사 확인만 드리고 있어요…호호."

"그래 그래…가애가 우리 선우를 이렇게 도와주고 있으니 너무 든든하다."

"네, 대학원 가기 전에 넓은 세상 좀 보려고 왔는데, 맨날 카페에 갇혀서 저 다리만 바라보고 있어요. 막상 다리는 한 번 밖에 못 건너가 보구요… 호호. 이제 한달 반 밖에 안 남았는데…"

"그래, 안 그래도, 오면서 선우에게 카페 좀 하루 닫고 1박2일 정도 다리 건너 여행 다녀오자고 했어. 나도 이번에 저 다리를 꼭 한 번 건너보고 싶어."

"아…당신은 한번도 못 건너 봤었나? 나만 예전에 건너갔다 왔구만. 그래, 다음주에 같이 한 번 여행하면 좋겠네…선우야, 아니 다리카페 사장님. 괜찮을까요? 하하하"

그렇게 선우의 부모님과 선우, 그리고 가애는 5월 첫째 일요일에 출발해서, 월요일에 돌아오는 여행 계획을 확정해 갔다.

"아…그런데, 아네스. 너도 같이 가면 어때? 우리 통역도 해주고, 길안내나 로컬 맛집 소개도 좀 해주고 말이야."

"그래요, 아네스. 잠은 가애랑 둘이 자면 되고, 우리 가족 3명은 따로 방을 잡으면 되니까…같이 가요."

"아…저 맛집은 하나도 몰라요. 사실 다리를 건너가 본 적도 아직 없어요, 부끄럽게…"
"잘 되었네. 우리 같이 건너가 보자고…"

아네스는 두려움에 휩싸였다. 사실 한 번도 다리를 건너 육지로 가

본 적이 없었다. 마을에서 고립된 존재였기에 아무도 아네스를 데리고 육지에 나들이를 하지 않았다. 성인이 된 후에는 바다에 대한 트라우마가 막아섰다. 엄마의 죽음에 대해 들은 이후 다리 중간까지 가까스로 걸어가 본 것이 다였다.

선우의 어머니가 부드러운 목소리로 두 세 번 더 권유하자, 아네스는 자기도 모르게 함께 가겠다고 대답해 버렸다. 여행을 하며 선우를 조금 더 가까운 곳에서 보고 싶은 마음도 많았다.

다리 건너편

"와…다리 건너기 딱 좋은 날씨다."

중년의 중후함과 유쾌함이 섞여 있는 선우의 아버지는 슈트케이스를 끌고 나오면서 큰 소리로 혼자말을 했다. 차 트렁크에 슈트케이스가 실리고, 옆으로 먹을 것과 프리스비 등이 채워졌다. 선우는 7인승 차량의 바퀴를 발로 쿡쿡 누르며 공기압을 점검하고 있었다. 뜨거운 날씨라 도로의 온도는 50도를 넘어가기에 낡은 타이어가 주행 중에 터져 버리는 일도 있었다. 적당한 타이어 교체와 공기압이 장거리 여행에서는 필수 안전 점검이었다.

"여행에는 먹는 것이 빠질 수 없지. 가애야, 시원한 맥심 커피도 잘 챙겼지?"

아네스가 원두커피 보다 한국의 맥심커피를 좋아한다는 것을 듣고, 여행 때 가져온 커피믹스를 아낌없이 풀었다.

"네, 큰엄마. 얼음 많이 넣었으니 가면서 시원하게 마실 수 있어요."

엄마표 김밥과 닭강정도 켜켜이 포장되어 차 뒷자리에서 유혹적인 냄새를 풍기고 있었다. 아네스의 기분도 적잖이 들떠 있었다. 모험 가득한 여행기의 첫 장에 빠져 들어가는 기분이었다.

창문을 열고 바다를 건너갔다. 소금기 어린 비릿한 바람이 흡입되었다. 거인처럼 솟아 있는 적란운을 바라보면서 가니 마치 동키호테가 된 것 같은 기분이었다. 오른쪽으로 보이는 뚜렷한 수평선과 고기잡이를 마치고 귀선하는 배들의 풍경도 아름다웠다. 다리를 거의 건너갔을 때, 구름거인의 안색이 잿빛으로 변하며 검은 망토같은 거대한 그림자가 차 위를 덮었다. 후두둑 후두둑…엄청난 비트로 빗방울이 창문을 난타하기 시작했다. 잠시 후 비트를 셀 수 없을 정도의 빗줄기가 쏟아졌다. 첫 행선지인 화산 동굴을 지나쳐 비를 피하며 구경할 수 있는 자연사 박물관에 갔다. 지방의 작은 박물관이었지만, 희귀 동식물을 전시해 창조주의 상상력으로 만들어진 다양성을 시선 가득 담을 수 있었다.

어느 정도 비가 그쳐 갈 때쯤, 동굴로 향했다. 용암이 바닷물과 만나 급격히 냉각되며 만들어진 동굴이 주변에 열개가 넘게 있다고 한다. 그 동굴에 서식하는 동물의 현지어 이름으로 동굴이 불리고 있었다. 박쥐동굴, 이구아나 동굴, 비둘기 동굴, 원숭이 동굴 등었다.

그 중 규모가 제일 큰 박쥐 동굴이 관광지로 개발되어 있었다. 음습한 분위기에 박쥐떼가 달려 졸고 있는 모습은 영화의 한 장면 같았다. 주로 과일을 먹고 사는 박쥐라고 써 있는 안내판을 보니 안심이 되었다. 동공도 어둠에 점점 익숙해지기 시작했다.

그들은 동굴 관광 후에 현지식으로 점심을 먹고, 두 군데 관광지를 돌아 숙소에 도착했다. 천연 온천을 끼고 방갈로들이 있는 숙소였다. 더운 날씨지만, 무슬림들도 온천을 좋아했다. 히잡 수영모까지 있는 전신 수영복을 입고 온천 수영장에 몸을 담그고 있는 무슬림 가족들과 눈인사를 하며 배정된 방갈로로 향했다. 늦은 노을의 여운이 약간 남아 있었지만, 곧 어두워 졌다. 중간에 사온 닭꼬치와 이 지역의 음식들을 두 방갈로 사이에 있는 야외 식탁에 차려 놓으니 푸짐한 저녁이 되었다.

"아빠, 내일은 오전 일정을 비워 놓으라고 하셨잖아요? 내일은 뭐 할 거예요?"

"음…내일은 중요한 분을 만나려고 해. 굳이 말하자면, 돌아가신 할아버지 친구분이라고나 할까?"

"와…할아버지 친구가 아직도 살아계세요?"

"응, 아주 옛날에 만나뵈러 한 번 왔었는데, 그 때는 길이 엇갈렸었어. 그 후로 수소문해서 연락처를 알아내고, 내일 만나기로 했단다. 내일은 아네스가 통역을 많이 해 주어야 할 것 같아. 번역기로 해석

해서 편지 보내고 약속 잡느라 네 엄마가 정말 고생했어. 허허허 고마워…"

"글쎄…어떤 분일지 벌써 궁금해 지는 걸요. 섬과 육지 사람들이 서로 다른 사투리를 많이 써서, 나이 많은 어르신들의 말은 알아듣기 힘들다고 들었어요. 영어도 좀 부족하지만 암튼 최선을 다해 볼께요. 제가 할 수 있는 역할이 있어서 너무 기뻐요."

그들은 아네스에게 미안한 마음에 여행 기간 동안 최대한 영어를 썼다. 하지만, 가족들 사이에서 한국어가 순간 순간 튀어나오면 미안해했다. 하지만, 눈치가 빠른 아네스는 이미 쉬운 한국어를 알아듣는 표정이었다. 내일은 아네스가 통역으로 활약해 줄 것을 생각하니 일행은 미안한 마음이 수그러 들었다.

분위기 반전의 달인, 가애가 들뜬 목소리로 얘기한다.

"우리 빨리 저녁 먹고, 온천에 들어가요! 더운 날에 온천이라니 색다른 걸요. 바람이 솔찬히 부는데, 비라도 추적추적 내리면 분위기 더 날텐데…"

맹그로브숲의 회상

아침 일찍 선우 일행은 술라맛 할아버지를 만났다. 다리가 보이는 바닷가가 맹그로브 숲의 뒷편에 위치한 마을이었다. 바닷물을 흡수하며 자라는 맹그로브 나무는 매캐한 냄새가 나지만, 다양한 생태계를 만들어 내고 있었다. 예전에는 마을이 더 바닷가 가까이에 있었지만, 큰 쓰나미를 겪은 후 맹그로브숲을 적극적으로 조성했고 마을은 숲 뒷편으로 이전했다. 맹그로브숲이 쓰나미를 막아 마을에 피해를 줄일 수 있다고 한다.

70이 넘은 할아버지는 아직도 배를 타고 가까운 바다에 고기잡이를 하신다고 한다. 손님이 찾아온 기념으로 고기잡이 배에 태워 맹그로브 숲 투어를 시켜 주셨다. 중간 중간 아침식사를 찾는 원숭이가 위협적으로 다가오기도 했고, 멀리 뱀이 매달려 있는 것도 보여 주셨다. 맹그로브숲이 끝부분에 울창한 나무로 가려진 작은 선착장을 찾아 배를 댔다.

"여기는 나처럼 연식이 오래된 사람 아니면 잘 모르는 곳이요. 여기서 내려서 100미터 정도 올라가면 원숭이 동굴이 나오거든. 맹글로브 나무를 심기 전에는 자주 여기에 배를 대고 동굴에 가서 쉬고 오곤 했소. 동굴 뒤쪽이 절벽에 쌓여 있어서 걸어서는 못 오지요. 앞으로 배를 타고만 올 수 있거든. 원숭이 놈들은 덩굴을 잡고 절벽을 잘도 왔다 갔다 하지만…"

태고의 숨결이 느껴지는 동굴이었다. 빛과 공간의 향연이 펼쳐졌다. 흔들리는 나뭇가지 사이로 흩뿌려지는 빛의 조각들은 고인 물과 바위에 반사되었다. 창조주의 손이 조각한 바위들은 하나 하나가 기묘한 작품이었다. 적당한 바람과 그늘은 더위를 피할 수 있었고, 침대처럼 넓게 펼쳐진 자리도 몇 군데 있었다.

"예전에는 이 동굴에 가끔 가족들과 쉬러 왔었소. 원숭이는 남자와 여자, 아이들을 구분하오. 아내와 딸이 나와 떨어져 있으면 좀 위험하죠. 독기를 품고 먹을 것을 노리는 놈들이 음식을 채가려고 하면 그냥 놔 주는 것이 좋소. 안 뺏기려고 붙들고 있다가는 원숭이가 팔뚝을 할퀼 수도 있거든. 하지만, 남자 어른하고 같이 있으면 잘 접근하지 않소."

끼끼익 끽끽끽…원숭이들의 소리가 절벽 위에서 나자 아네스는 자기도 모르게 선우의 뒤에 바짝 붙었다. 선우도 손을 펴서 보호해 주는 제스처를 했다. 발이 미끄러워 땅을 보며 걷다 선우가 멈짓했다. 그 등에 아네스가 쿵 부딪혔다. 선우는 뒤돌아보며 눈을 찡긋해 보였다.

선우의 엄마 아빠가 앞에서 손을 꼭 잡고 가시는 모습을 보니, 아네스는 따뜻함과 서글픔이 함께 느꼈졌다.

“다리 공사를 할 때 딱 한번 외국인 두 명을 이 동굴에 데리고 온 적이 있었소. 여러분이 그 후로 여기 처음 온 외국인일 거요. 저쪽에 가면 원숭이들이 잘 오지 않는 비밀 장소가 있소. 내가 올 때마다 원숭이가 싫어하는 허브를 가져다 울타리처럼 쳐 놨거든…”

“와…영광이네요. 엄청난 비밀을 알게 된 것 같은 기분이에요.

그런데, 제가 원숭이 알러지가 있나 봐요. 여기 닭살 돋은 것 보세요. 호호호.”

원숭이를 무서워하는 가애 때문에 비밀 장소를 재빨리 둘러본 후 서둘러 섬에서 나왔다.

배를 타고 탁 트인 바다로 나왔을 때 티아란 다리가 눈 앞에 펼쳐졌다. 섬과 육지를 이어주는 든든한 구조물이 야생을 벗어난 모두의 마음을 안심시켰다. 잠시 배를 멈추니 규칙적인 흔들림이 리듬처럼 느껴졌다.

술라맛 할아버지는 다리를 바라보며 20년 전에 있었던 사건을 들려주셨다. 영어를 못 하셔서 예라비 말을 아네스가 통역했다.

"1974년 건기가 끝나갈 즈음이었소. 3년 가까이 공사했던 다리는 거의 마무리가 되었고, 한 달 후에는 개통식을 한다고 했소. 일손이 부족했어서 일용직 인부를 많이 구했었소. 어부였던 나도 일주일에 3번 정도는 가서 공사에 참여했었소. 고기를 잡는 것보다 돈을 좀 더 벌 수 있었거든.

한국의 기술자가 몇명 와 있었는데, 거의 마무리 단계가 되어서 두 명의 기술자만 남았소. 완공 전 최종 점검을 하고 있었지. 섬 사람들도 그렇고, 우리 마을 사람들도 다리를 통해 자유롭게 오갈 수 있다는 기대에 부풀어 있었소. 적어도 그 날이 있기 전까지는…."

선우의 아버지가 평소와는 다르게 굳어진 얼굴로 물었다.

"네, 할아버지. 그 날의 이야기를 듣고 싶어서 왔어요. 그 이야기를 최대한 자세히 해 주세요."

"그래요…우리 가족은 티아란섬 안에 몇몇 친척들이 있었소. 가끔 고깃배를 타고 섬에 다녀오곤 했었소. 그 날도 친척 할머니의 생신이라 아내와 어린 딸을 데리고 섬에 다녀오는 길이었지. 다리를 옆에 두고 절반 정도 건너오고 있는데, 갑자기 큰 싸이렌 소리가 나면서 다리 위에서 두 한국 사람과 예라비 사람들이 우리를 향해 소리를 치고 있는 거요. 양 손에 후라쉬를 들고 크게 휘저으면서 빨리 오라는 시늉을 했소. 순간적으로 뭔가 큰 문제가 있다는 느낌이 와서 더 빨리 육지를 향해 배를 몰았소. 계속 평소보다 큰 파도가 와서 부딪치는 거요. 충격이 왔지만, 가까스로 배의 중심을 잡을 수 있었소. 아내가 배 기둥에 퍽하고 부딪히긴 했지만, 딸은 품에 꽉 안고 있어서 괜찮았소. 그렇게 정신을 차리나 싶었는데, 저 멀리 섬 끝자락 쯤에서 물로 만든 높은 벽이 거인 무리처럼 달려오고 있는 거요. 순간적으로 육지까지 갈 수 없다는 것을 직감했지.

온 몸에 힘을 다 모아 배를 다리 방향으로 돌렸소. 최대 출력으로 다리를 향해 30초 정도 달리니 다리에 회사 사람들이 내려 놓은 구조 밧줄들이 보였소. 첫번째 밧줄을 잡아 아내에게 건내고, 딸아이를 건내받아 내 품에 안았소.

아내가 밧줄을 꽉 움켜잡자 20여 미터 위에서 사람들이 아내를 끌어 올리기 시작했지. 나도 딸아이를 품에 안고 두번째 밧줄을 움켜잡았소. 버틸만 했지. 그런데 배가 파도에 흔들리면서 매달려 있던 내가 배 지붕에 부딪힌거요. 정신을 반 정도 잃을 정도로 충격이 왔소. 그 와중에 본능적으로 밧줄을 놓치면 안 된다는 생각을 했소. 하지만 순간적으로 한 손을 놓치며 딸아이를 떨어뜨리고 말았소. 아찔했지. 다행히 딸은 구명조끼를 입고 있었지만, 소용돌이가 딸을 채가고 있었소."

"그래서, 그 한국 아저씨가 물에 들어간 건가요?"

"그걸 어떻게 알았어? 공사일을 나갔을 때 좀 친해졌던 한국인 기술자인데, 다부진 체격에 검게 그을린 얼굴이었소. 자주 껄껄 사람 좋게 웃곤 했었지. 예전에 군대에서 해병대 공병이었다고 하더라고. 해병대에서도 다리를 놓는 역할을 했었다고.

암튼 망설임 없이 바다로 뛰어들었다고 하더라고. 멀어져가는 딸아이를 쫓아가 잡아끌고 소용돌이 반대 방향으로 헤엄쳐 오기 시작했소. 나도 정신이 들었고, 내 밧줄을 내려서 딸을 잡을 높이까지 내려왔지. 딸은 의식이 없이 축 늘어져 있었어.

아내가 잡은 밧줄은 다리 위로 거의 끌어 올라가고 있었소. 나는 순간적으로 딸의 구명조끼 뒤쪽을 잡아 올려 품에 안았소. 그 한국인은 빨리 올라가라고 손짓을 해 댔지만, 난 그냥 갈 수 없었지. 한 손으로 밧줄과 딸아이를 끌어안고, 한 손으로 그의 손을 잡아 올리려 했어…역부족이었지. 한 20초 정도 버티며 끌어올라 갔지만, 소금물 먹은 손은 서로 미끄러지기 시작했소. 죽을 힘을 다해 그의 손을 끌어올려 밧줄을 잡게 해 보려 하는데…그만…코앞까지 쓰나미가 다가온 거야. 5m는 되어 보였소.

그는 본인이 살려다 모두가 죽을 것이란 것을 알았지. 일부러 손을 빼기 위해 꿈틀거리는 것이 느껴졌소. 결국…결국… 손이 미끄러졌소. 바다로 추락하며 내 눈을 보며 뭔가 소리쳤는데 정확히 듣지는 못했소. 그의 표정을 보면 욕이 아니라 잘 살라는 말이었던 것 같소. 손짓으로 빨리 올라가라고 하면서, 끝까지 내 눈을 바라보는 그 눈동자가 너무 생생해. 물에 빠졌다 다시 떠오르기 전에 쓰나미가 휩쓴 것 같아. 나도 발목까지 바닷물을 맞아 출렁했지만, 죽을 힘을 다해 밧줄을 움켜 잡았어. 그 몇 초 사이에 나는 다리 위로 올라가 살 수 있었소.

쓰나미는 교각을 강타했고, 큰 충격에 사람들은 모두 비명을 질렀소. 제일 깊은 쪽에 놓여진 교각과 상판이 무너져 내렸지만 다행히 우리가 있는 곳에서는 몇 십미터 떨어진 곳이었지."

"그 후로 그 사람은 어떻게 되었어요? 시체라도 찾을 수 있었나요?"

"미안하오…우리 가족은 살았지만, 그분은 결국 찾지 못했소. 내 배가 침몰했고, 마을의 많은 배들이 뒤집히거나 쓸려 가 버렸소. 몇 척 남지 않은 배를 동원해 마을에서 실종된 사람들과 그 사람을 찾으려 일주일 넘게 돌아다녔소. 정부에서도 구조대를 보냈구요. 30여명의 시신을 찾았지만, 대부분은 해협을 지나 넓은 바다까지 쓸려가 버린 것 같소. 그 분을 포함해 백여명은 결국 찾을 수가 없었소."

1974년 티아란 다리는 완공을 목전에 앞둔 사고로, 한 개의 교각과 두 개의 상판이 무너졌다. 마을과 사상자를 추스리느라 그 상태로 반년 정도 방치되었다. 안전점검과 재설계를 했고, 예산을 다시 편성했다. 실제 다시 공사가 시작된 것은 6개월이 지나서였다. 무너진 부분을 철거하고, 교각에 대한 보강공사까지 진행되어 완공까지는 약 2년의 시간이 더 필요했다.

"다른 한국인 기술자에게 수소문해 물어보았소. 우리를 살리고 돌아가신 분에게는 아내와 아들이 한국에 있었다고 들었소. 가족을 찾아 감사와 위로의 인사를 하고 싶기도 했지만, 마을이 엉망이 되어 있어서 2년간 제정신으로 살지 못했소. 정부에서는 맹그로브 숲을 조성해 주고, 쓰나미 추모관과 모스크도 만들어 주었소. 모스크에 갈 때마다 그 분의 가족을 위해 기도하곤 했지요."

술라맛 할아버지의 눈에 가득한 눈물이 주름을 타고 또르르 흘러내렸다. 목이 메어 잠시 이야기를 멈췄다가 이어간다.

"저…티아란 다리가 완공되어 처음으로 건너는 날에는 하염없이 눈물이 나서 중간에 서서 바다를 보며 한 시간을 통곡했소. 고맙다는 말로는 표현이 안되는 생명의 은인…흐으윽윽"

"할아버지…그 분이 바로 제 아버지에요…제가 그분의 아들이라구요…흑흑흑…"

아네스가 이 부분을 통역해 주었을 때, 할아버지는 제대로 못 알아들은 것 같았다. 다시 한 번 얘기해 주니 넋이 나간 사람처럼 선우 아버지에게 다가와 무릎을 꿇고 다리를 와락 껴 안았다. 마사장도 주저앉으며 흐느끼는 할아버지를 두 팔로 감싸 안았다.

선우의 일행은 모두 둘러 앉아 서로를 토닥거리며 훌쩍였다. 선우의 아빠는 이제야 마음껏 아버지의 죽음을 애도할 수 있었다.

한참이 지나서야 다시 배를 몰고 마을 입구로 돌아올 수 있었다.

할아버지는 알라에게 감사를 드려야 한다고, 일행을 모스크로 안내했다.

"할아버지, 모스크에서 저희가 믿는 신에게 기도해도 괜찮을까요? 불편하시면 저희는 안 가도 괜찮아요."

"아이, 괜찮소. 당신들은 알라께서 우리에게 보내 주신 천사들이오. 우리 가족을 살려준 생명의 은인이오. 알라께서도 당신들이 모스크에 오는 것을 허락하실꺼요."

그들은 각자의 방식으로 각자의 신에게 감사의 기도를 드렸다. 그들은 할아버지가 눈물을 글썽이며 이마를 땅에 대고 절하며 기도하는 모습을 보며, 할아버지에게 또 한 번 구원의 은혜가 있기를 기도했다. 모스크를 나오면서 옆에 있는 쓰나미 추모관에 가게 되었다.

추모관에는 쓰나미 전 마을의 모습과 이후 쓸려간 마을의 사진이 전시되어 있었다. 완공 직전의 다리, 쓰나미에 피해를 입은 다리, 그 이후 다시 완공된 다리의 사진도 있었다. 사망했거나 실종된 사람들의 이름과 출생 연도가 쓰여진 벽도 있었다. 유일하게 외국인 1명의 이름이 거기에 포함되어 있었다. 그 앞의 진열장에는 사상자들의 유품이 진열장에 보관되어 있었다. 진열장 끝에는 작은 영웅이었던 한국인의 이야기가 자그마하게 쓰여져 있고, 인부들과 함께 찍은 사진도 한 장 있었다.

"할아버지, 올해가 아빠가 돌아가신 지 40년이 되는 해에요. 제가 10살이었는데요, 이제 50이 넘었어요. 그래서, 이번에 여기에 온 거에요."

"그러네…내가 그 때 32세 였는데, 이제 72세가 됐구만. 생명을 구해 준 은혜도 잊고 살아온 것 같아서 너무 송구하고 고마워. 어떻게 이 은혜를 갚을 수 있을까…"

“할아버지…그러면, 아버지 유품을 몇 개 전시장에 놓아주실 수 있으세요? 자주는 못 오지만, 몇 년에 한 번이라도 와서 아버지 무덤이라고 생각하고 추모하고 싶어요.”

선우가 아빠의 말을 받아 이어갔다.

“저도 우리 할아버지 이야기를 자세히 들은 것이 처음이에요. 그냥 다리 공사 중에 돌아가신 줄만 알았어요. 암튼 그런 인연으로 저는 다리 건너서 티아란 섬에서 한국 카페를 하고 있어요. 다리가 잘 보이는 섬 해변에 살고 있지요. 이름도 다리 카페구요. 앞으로 할아버지 돌아가신 날에 와서 잠깐씩 기도하고 갈께요.”

“그럼, 그럼…내가 이 은혜를 어떻게 갚아야 할까…내가 얼마나 더 살지 모르지만, 왔을 때마다 언제나 꼭 얼굴 보고 가요. 유품도 꼭 전시하도록 마을 회의에서 추진할께요.”

마사장은 작은 상자를 건내며, 작별 인사를 드렸다.

“아들이 오늘 오후부터는 카페를 열어야 해서, 이제 출발해 볼께요. 자영업 사장이니 열심히 장사해야지요. 할아버지 정말 만나보고 싶었는데, 정말 반가웠습니다. 우리 아버지를 만난 것 같이 마음이 좋았어요."

"우리 가족 때문에 아버지가 돌아가셨는데…나를 원수로 생각할 수도 있을텐데, 이렇게 찾아와 주어서 너무 고맙소. 천국에 가서 그 분을 뵈면, 자손들이 너무 너무 귀하게 컸다고 말씀드릴 수 있겠소. 인샬라…"

차가 출발하고 난 후, 할아버지는 작은 유품 상자를 열었다. 그 안에는 생명의 은인의 숙소에 있던 손때 묻은 줄자와 포켓에 들어갈만한 수첩과 작은 성경책, 그리고 가죽줄이 묶인 목걸이가 들어 있었다. 군데 군데 투박하게 녹슨 은빛 십자가 목걸이 햇볕을 받아 순간 반짝였다.

스콜 비구름

돌아오는 길에 묵직한 비구름이 하늘을 덮었다. 결국 양동이로 쏟아 붓는 것 같은 스콜이 내렸다.

'후두두둑…'

빗물에 강타 당하는 차 안에서 아네스는 깊은 생각에 빠졌다. 선우와 한 층 가까워진 느낌이 불길했다. 어쩌면 선우에 대한 마음을 부정하려 몸부림하고 있었다. 책을 주워 주며 처음 만난 그 날 부터 일지도 모르겠다. 묵뚝뚝하지만 속 깊은 친절이 배어 있는 선우는 아네스를 설레게 했다. 태양을 등지고 있는 다부진 실루엣과 한국 드라마에서 튀어나온 것 같은 헤어 스타일과 목소리도 그녀를 설레게 했었다.

가애와 연인으로 오해했었지만, 그저 집안끼리 친한 오랜 친구임을 확인한 것도 감정의 둑을 무너뜨렸다.

'아…안돼, 안돼…'

하지만, 그녀에게는 두번째로 엄청나게 높은 벽이 존재했다. 그녀는 무슬림이었던 것이다. 무슬림이 타 종교를 가진 사람과 사귀기도 힘들지만, 결혼은 절대 불가능하다. 상대가 이슬람교로 개종을 해야 결혼이 성립되는 것이다. 어차피 비극적 결말이 정해져 있는 이야기에 비운의 여주인공이 되고 싶지는 않았다. 고삐가 잡히지 않는 감정과 비극적 플롯이 정해진 운명에 대한 원망이 뒤엉켰다. 어제 밤의 유쾌한 기분은 혼란의 소용돌이에 매몰되고 있었다.

"큰아빠, 그런데…어제 아주 옛날에 티아라 섬에 오신 적이 있고, 그 할아버지를 찾다 못 만났다고 하셨잖아요? 그게 언제에요?"

"그래, 우리 가애가 궁금했겠네. 아니, 선우도 궁금했으려나? 선우야, 너는 이 섬에 왔던 것 생각 나니?"

"아주 조금요, 배멀미를 심하게 했던 어렴풋한 기억이 있어요…히힛… 사실 기억이 많이 없어요. 엄마 아빠를 따라서 하도 많은 나라를 옮겨다녀서 그런가 봐요. 나중에 커서 사진을 보고 엄마가 얘기해주어서 여기 왔었다는 것을 알았어요."

"응…20년 전이니까 선우가 7살쯤 되었을 때구나. 할아버지 돌아가신 지도 20년쯤 되었을 때야.

좀…긴 얘기인데… 할아버지가 돌아가시고 할머니는 충격으로 정신을 거의 놓았다가, 나를 키워야 한다는 생각으로 간신히 일어나셨어. 10살이었던 나도 이제 내가 엄마를 지켜야 한다는 생각으로 일찍 철이 들었지. 하지만, 현실은 녹록치 않았어.

가난한 과부와 외아들…그게 우리의 현실이었지. 할머니는 그 와중에도 새벽기도에 가서 외아들을 위해 기도하는 것을 놓지 않으셨지. 새벽기도 후에 바로 일터로 떠나셨어. 10대였던 나는 어머니가 해 놓으신 음식으로 도시락을 챙겨 학교에 가곤 했어.

나중에 어머니가 병에 들고 나서야 아버지 회사에서 보상금이 있었다는 것을 알게 되었지. 어머니는 몇 년 동안은 회사와 이 나라 사람들에 대한 원망이 있었어. 그래서, 남편의 목숨값으로 받은 돈을 차마 쓸 자신이 없으셨데.

내가 고등학교 2학년 때 어머니는 결국 중증근무력증이라는 병에 걸리셨어. 자가면역질환이었지. 신경 전달이 잘 안되어 생기는 병이었는데, 고무인형처럼 픽픽 쓰러지시곤 하셨어.

보상금은 그 때 눈 녹듯이 병원비로 없어졌어. 1년 반 정도를 투병하시다 결국은 합병증으로 돌아가셨어. 장례를 치른 후 고3 이었던 나도 더 이상 삶의 동기가 없었어.

대학을 포기하고, 자원입대 한 군대에서 장기 지원을 하고 하사관이 되었지. 아무 생각 없이 짜여진 스케줄 대로 살아가는 군 생활이 오히려 편하더라고.

해외 파병에도 지원해 처음으로 비행기도 타 보고, 몇 년 후 돌아와

네 엄마를 만나 결혼하게 되었지. 다행히 해외 파병 기간 동안 하나님을 다시 만났어. 그 분쟁 지역에 부모를 잃고 집을 잃은 아이들을 보며, 삶의 목표도 생겼지. 해외에서 고아들을 위한 삶을 살겠노라고."

"엄마는 그 때 선교사 훈련생이었는데, 아는 교회 오빠가 군대에서 만난 친구를 소개시켜 준다는 거야. 왠 군인? 처음에는 질색을 했었어. 그런데, 해외 나가서 봉사의 삶을 살고 싶어한다고 해서 만나 주었지. 그런데, 네 아빠는 한사코 선교사로 나가지는 않겠다고 해서, 파송은 포기했지. 그래도, 나는 나름 선교사라고 생각하고 결혼을 한 거지…지금 생각하면 사기 결혼? 호호호."

"흠흠…내가 좀 사기캐이긴 했지. 이미 무술 12단이었고, 전세계 어느 오지를 가서도 생존해 낼 수 있다는 자신감으로 가득 차 있었으니…선우 너도 아빠한테 배운 태권도로 3단까지 땄잖아."

"에휴…아빠, 그게 언제라고…지금 1단 품새도 잘 기억 안 나요. 그래도, 내가 좋아하던 뒤돌려 차기는 가끔 해요."

"암튼 선우 할머니가 사셨던 집을 팔고 군대에서 모은 돈을 다 들고, 북아프리카 지역에서 터를 잡았어. 1년 후 선우가 태어났고, 몇 년 후 사업이 어느 정도 안정이 되었다 싶었을 때 여기에 방문했던 것야."

선우 가족의 이야기를 들으며, 아네스는 온 몸이 마비되어 가는 것을 느꼈다.

'20년 전이라면…내가 4살…그 때 이 섬을 찾아왔던 가족…부부와 아들…'

"그 때 한국에 들려서 시어머님의 유골함을 가지고 왔었어. 다리 위에서 뿌려서 시아버님과 함께 계시도록 하고 싶었지. 아빠는 며칠 동안 매일 나가서 사람들을 수소문 하고 다녔고, 엄마는 선우하고 호텔에 있거나, 친해진 가정을 만나거나…"

"할머니의 유골을 뿌릴 때, 지나가던 사람이 이상했는지 사연을 물어 보았어. 그 사람이 비슷한 얘기를 마을 전설처럼 들었다고 하더라고. 그래서, 어쩌면 아버지의 목숨으로 바꾼 사람들을 찾을 수도 있다는 생각이 들었어. 그래서, 마을마다 돌아다니며 찾았는데, 쓰나미와 다리 완공 이후에 사람들의 이동이 많아져서…결국은 단서만 찾고 만나지 못한 거야."

"엄마, 아빠…왠지 모르겠는데, 저 다리는 기억에 선명하게 남아 있었어요. 호텔이나 다른 곳에 갔던 기억은 없는데… 한국에 대학 가서 건축학을 전공하고, 졸업을 하면서…왠지 이 다리를 찾아오고 싶은 생각이 많이 났어요. 저도 어차피 한국에서 살 생각은 없었으니까요."

"그래, 할아버지가 목숨 바쳐서 놓은 다리니까…어쩌면, 이 다리를 통해 하나님이 션의 삶에 이루고자 하는 일이 있으실지도…"

"아이…엄마, 그렇게 진지한 건 아니구요. 하하…암튼 션이라는 이름을 오랫만에 들으니 더 옛날 생각이 나네요."

·

다리를 건너는 차량의 뒷자리에서 아네스는 자는 척을 했다. 수많은 생각이 머리속에서 폭발을 일으켜서 사방으로 파편이 튀어 나가는 것 같았다.

'션? 션이라고…그 이름이 왜 기억나지?'

다리카페에 도착하자 창백해진 아네스의 얼굴을 보고, 가애는 호들갑을 떨었다. 아네스는 멀미가 났다고 둘러대며, 총총 션의 가족들과 이별했다.

'션…내게 각인된 이름이 맞다면, 바로 저 가족이잖아. 내 엄마의 원수…엄마를 마녀로 만들고 마을사람들의 손가락질 가운데 죽게 한 원인 제공자…헐…왜 내 삶은 항상 이렇게 미궁이야…?'

다리 건너 육지 쪽에서 계속 먹구름이 몰려오고 있었다. 아네스는 학교로 가는 버스를 탔다. 좌석에 앉으니 몸이 연체동물처럼 흘러내리는 것 같았다. 속이 메스껍고 헛구역질이 폐부 깊은 곳에서 솟아 나왔다.

기숙사로 돌아오는 길은 길었다. 뒤엉킨 마음이 좀처럼 풀리지 않았다. 중간에 만난 고양이 롤로도 본채 만채 스쳐갔다.

"아네스, 왔어? 생각보다 빨리 왔네. 뭐 문제 있었던 건 아니지?"

"응…잘 다녀왔어. 육지도 뭐 다를 것 없더라고."

아이샤의 질문에 잘 영혼없이 답하고, 아네스는 침대에 누웠다. 아이샤는 선우 가족에 대해 조근조근 묻기 시작했지만, 아네스는 피곤하다는 핑계로 선을 그었다.

'아 정말, 아네스. 너만 선우네와 친해졌다 이거지? 이제 나를 완전히 왕따 시키려 하는데…'

한국인들과 친해지고 싶었던 한국 드라마 매니아 아이샤는 은근히 올라오는 질투심에 얼굴이 실룩거렸다.

아이샤는 뾰루퉁해져서 수업에 가고, 아네스는 논문 작성을 핑계로 오후 수업을 제꼈다. 불편한 마음을 낮잠으로 진정하려는 듯, 가수면에 빠져 들었다.

꿈 속에서는 망상 속에 자주 등장하는 바다 괴물이 다리에서 엄마와 선우 가족을 함께 쫓고 있었다. 어느 때 보다 격렬한 괴물의 공격에도 아네스의 마음은 담담했다.

'꿈도 현실도…정말… 잔인하다…'

꿈 속 혼자말을 하며 점점 더 깊은 잠에 빠져 들어갔다.

그 후로 아네스는 한달 정도 그들을 피했다. 프리스비에도 다리카페에도 발걸음을 끊었다.

간간이 문자를 주고 받았지만, 형식 적이었다. 복수할 것이 아니라면, 이 악연을 외면하는 것이 현명하다 생각했다. 그들과 용서에 대한 얘기를 했던 것이 아이러니하게 느껴졌다.

띠리릭…

'아네스, 오늘 친구들 카페에서 모이는데 올래? 같이 저녁 먹자.'

도서관에 가는 길에 가애의 문자를 받은 그 날도 한 시간을 망설이다 답문자를 보냈다.

'논문 준비 바쁨, 고마워.'

'헤헤, 그럼 점심 싸다 줄께. 보고 싶어 못 견딤.'

똑똑똑…1시간 쯤 지나 정말로 가애가 왔다.

밖으로 나가자는 눈빛을 날리며 도서관 휴게실로 성큼 성큼 걸어갔다. 아네스도 내심 가애가 그리웠지만, 누가 또 같이 왔을까 괜히 걱정이 되었다.

"가애, 혼자야?"

"응, 그냥 음식 가져다 주러 왔는데 뭐. 혼자지. 밥은 먹고 논문 쓰는 거야?"

아네스의 손을 덥석 잡은 가애가 언니같은 부드러운 미소를 짓는다.

"선우가 너 만나러 간다고 하니까 이렇게 많이 싸 줬다…호호호…아주 오빠 노릇을 톡톡히 해요."

"와…정말 많네. 같이 먹을 거지? 오늘은 왠지 혼밥하기 싫어서서…"

옅은 미소를 띄우는 아네스를 본 후에야, 가애는 긴장을 좀 푸는 눈치다.

“네가 빨리 가라고 하면 어쩔까 걱정했다, 뭐…삐진 거 있냐? 요즘 얼굴도 안 보여 주고. 나 갈 날 얼마 안 남았다. 있을 때 잘 해라.”

“가애, 언니는 선우 오빠와 어떤 사이야? 비밀도 없고 그런 사이야?”

“아니, 형제만큼 가까운 사이이긴 하지만, 서로 프라이버시는 철저히 지키는 사이지, 킄킄.”

“……”

“우리 부모님은 아프리카 선교사였고, 선우네는 같은 지역에 와서 무역과 유통을 하는 사업가였어. 처음에는 다 고생했지만, 나중에 선우네는 꽤 성공한 사업을 운영하게 되었어. 워낙 부지런하고 정직하게 일하시니까…”

“언니네 부모님은 아직 거기 사시나 보네?”

“응, 거기에 계속 계셔. 아…거기도 무슬림이 많은 나라야. 하지만,

종교에 상관없이 부모님은 그 사람들을 사랑하시는 것 같아. 선우네도 많이 도와주었지. 고아원을 세운 것도 선우네가 반 이상 후원해서 된 일이고…매월 식료품이나 문구류도 보내 주고…"

아네스는 고개를 끄덕거리다가, 침통한 표정으로 머리를 숙였다. 입술이 창백해지며 파르르 떨렸다.

"그…그…그렇구나…사실, 나 선우네가 무서워졌어. 아니 그냥 선우 오빠랑 가까워지는 것이 무서워졌어."

"아니, 왜? 여행 갔을 때 뭐라 그러셨어?"

"아니야…너무 잘 해 주셨지. 선우네 할아버지가 현지인 가족을 구해 준 것도 너무 감동이었고. 그런데, 나와는 악연이 있는 것 같아.

션…션이라는 이름을 들었을 때 내 어린 시절 기억이 떠올랐어. 엄마랑 관련된 기억은 딱 3가지가 있어. 엄마의 품에 대한 따뜻한 기억하고, 션이라는 이름…그리고, 성난 군중들…"

가애는 눈동자가 희번덕 커지며 깜짝 놀라 물었다.

"션이라는 이름을 알고 있다고? 어떻게 그럴 수 있어?"

"나도 확실하진 않아. 그런데, 션이라는 이름이 너무 뇌리에 남아 있는 거야. 선우 엄마가 친해진 가정이 있다고 했었잖아. 사실 그게 나와 우리 엄마였던 것 같아. 할머니에게 전해 듣기로는 엄마가 어떤 외국인들과 친해졌고, 용납할 수 없는 사이비 종교를 전수받았다고 하셨거든. 그 일로 마을에서 종교 재판을 받게 되었고, 결국 엄마는 죽게 되었어…."

얼굴을 떨군 아네스 옆으로 가애가 다가와 앉았다. 가애의 눈에 벌써 눈물이 뚝뚝 흘러 아네스의 손등 위에 떨어졌다.

"아니, 가애야. 아직 확실한 건 아니야. 사실 그 외국인들이 한국 사람인지도 확실하지 않아. 너무 뭉뚱그려 얘기해 주신 것이라서… 확실한 것은 그 일을 계기로 해서 엄마가 바다에 빠져 실종되었고, 죽게 되었다는 거야. 그 후로 아빠도 날 버리고 새 장가 가서 육지로 이사를 가 버렸고, 집안은 그 수치스러운 일을 회복하느라라 오랜 시간이 걸렸어.

그런데, 최근에 사촌 오빠에게 들은 얘기로는 내가 그 외국인 남자애랑 노는 것을 너무 좋아해서, 매일같이 만나게 되었다고 하더라고. 엄마만 마녀가 아니라, 내가 꼬마 마녀 였다고…그래서 마을 사람들이 나를 그렇게 미워했었나봐."

"그…그랬구나. 아네스가 얼마나 힘들었을까. 션이라는 이름 때문에 어릴 때 트라우마가 더 심해졌겠다. 내가 어떻게 위로해 줄 수 있을까…예수님, 아네스를 위로해 주세요…."

"그만, 그만! 나 예수라는 분을 믿어야 할지도 많이 망설여져. 정말 나에게 행복을 줄 수 있는 신인지, 아니면 또 다른 고난과 시험을 줄 신인지…너무 걱정이 되어서.

간신히 한 달 동안 논문에 집중하며 모른 척 할 수 있었어. 누구에게도 말 할 수 없는 이야기라…그런데, 오늘은 왠지 언니에게 말하고 싶었어."

"그래, 아네스, 정말 고맙고 잘 했어. 그래도 털어 놓고 마음이 좀 가벼워졌으면 좋겠다. 션이 그 션이 맞는지 혹시 더 알아보고 싶어? 내가 비밀 지키면서 좀 더 알아볼까? 선우네 부모님은 이미 떠나셨어. 마지막에 아네스를 못 봐서 많이 서운해 하셨고. 한국하고 아프리카를 왔다 갔다 하면서 사시는데, 언제든 문자나 통화를 할 수 있거든…"

"아냐, 나 더 깊이 알고 싶지 않아. 선우에게 이루어질 수 없는 짝사랑의 감정이 생겼던 때도 있었고, 가애언니랑 선우오빠가 사귀는 사이인 줄 알고 질투했던 때도 있었거든. 그냥 추억으로 남기고 싶어.

어짜피 졸업하고 나면, 멀리 수도로 가서 일자리를 찾아보려고 해. 나를 아무도 모르는 큰 도시에 가서 뭔가 새출발을 하고 싶어. 두 달만 있으면 모든 것이 끝나니까, 그냥 비밀을 지켜 줘…"

"그래, 아네스. 난 네 편이야. 나는 네가 원하는 대로 할 거야. 언젠간 행복이 너를 찾아 갈거야. 예수님을 믿게 되면 네가 행복해 지리라 확신하지만, 그것도 네가 정말 원할 때 이루어 질꺼야. 난 그냥 항상 너를 위해 기도할께. 많이 많이 사랑하고 축복해…넌 소중한 내 동생이니까…"

소중한…이라는 따뜻한 말에 그간 견디던 눈물이 왈칵 쏟아졌다. 할머니 외에 누구도 아네스를 소중하다고 말 해 주지 않았다. 그저 길가의 돌멩이처럼 이리저리 발로 차이는 존재였다. 무가치했고, 때로는 사악하고 불편한 존재로 취급 받았다.

"가애…어쨌든…언니를 만나게 해 주신 하나님께 감사해. 난 지금 두 세계의 경계선에 서 있어. 언니가 함께 해 주어서 쓰러지지 않을 수 있었어. 하늘에서 내게 보낸 천사가 있다면 언니 일거야. 앞으로 자주 만나지 못하더라도 내 마음은 진심이니까 믿어줘…으흐흑…"

말없이 어깨를 빌려주던 가애가 한참만에 말을 이어갔다.

"아, 그리고…이거. 네 꺼지?"

주섬주섬 가애는 가방에서 작은 파우치를 꺼냈다.

"어, 이 브롯지 어디서 났어? 엄마가 남겨준 유일한 유품이야. 전에 잃어버렸는데…"

"처음 운동장에서 만났을 때 바로 못 알아봐서 미안해. 오늘 여기 오다 병원 응급실에 갔었어. 전에 머리에 피흘리며 쓰러진 여학생을 데려다 준 적이 있었어. 그 때 다리 위에서 브롯지를 주웠어. 학생만 응급실에 건내 주고, 급한 일이 있어서 카페에 다녀왔어. 그런데, 그 학생이 응급처치만 받고 없어졌더라고…

이제라도 브롯지 주인을 찾으려고 환자 정보를 물었는데…그 거짓말처럼 네 이름이 나오더라고. 그 때는 피범벅이 되어 있어서 너라고 상상을 못 했어. 그 때 얼마나 아팠니…"

"소오름…그 외국인이 언니였어? 언니 아니면 죽을 뻔했네. 아니 사실 죽으려 했었어…암튼 언니는 내 수호천사야. 분실물도 찾아주는…고맙다는 인사도 못 했는데…언니 정말 고마워."

"야…죽다니…왜…넌 잘 살꺼야, 이제. 내가 하루 하루가 너의 날이 되도록 기도해 줄께. 매일…"

둘은 한참을 껴 앉고 깊은 곳에서 터져 나오는 위로의 울음을 뱉어 냈다. 그들의 눈물은 마중물이 되어 마음 깊은 곳에 생명수를 길어 올리고 있었다.

찰칵…식당을 둘러싼 화분 뒤에서 아이샤가 몰래 사진을 찍고 쓱 지나가고 있었다.

반나절 후, 아네스는 기숙사에 누워 있었다. 너무 울어 맥이 빠졌다. 저녁 기도를 드리고 온 아이샤는 아네스를 본채 만채 하며 책상에 앉아 책을 읽는 척했다. 그 좋아하는 한국 드라마도 그 날은 보지 않았다.

일찍 잠든 아네스는 쎄한 아이샤를 감지하지 못했지만, 아이샤는 늦은 밤까지 안절부절이었다.

수치의 대물림

다음 날, 아네스가 논문 지도를 받으러 교수 연구실로 갔다. 길에 같은 학과 동기들이 몇 있었지만, 다들 아네스와 눈을 맞추지 않고 딴 청을 피웠다. 과 사무실에 들러 공지사항을 확인할 때 조교들도 아네스를 모른 척했다. 평소 인사를 잘 안 하고 다녔기에, 크게 불편함을 느끼지는 않았다. 교수님의 연구실로 들어가려 하는데, 한 조교가 아네스를 막아섰다.

"아네스, 너 오면 교수님이 좀 기다리라고 하셨어. 여기 앉아서 기다리다가 교수님이 문을 열면 들어가."

조교실에 앉아 출력한 논문 초고를 뒤적이고 있을 때, 조교들의 수근거림이 느껴지는 것 같아 불쾌감이 몰려왔다. 예전 마을에서 느껴지던 쎄한 기분이었다. 아네스를 가운데 두고 자기네들끼리만 말을 주고 받으며 그림자 취급하던 기억이 떠올랐다.

덜커덕.

30분 정도가 지났을까? 교수 연구실이 열리고, 중년의 여교수님이 아네스를 손짓해 불렀다. 초고를 떨리는 두 손으로 드리고, 목이 메이는 느낌으로 말씀을 드린다.

"교수님, 지난 번 더 연구해 보라고 하신 부분을 여기에 보강해 넣었어요. 한 번 봐 주시구요, 수정하거나 빼라고 하신 부분이 여기인데…다른 논문에서 근거를 좀 더 찾아 넣어 수정했어요. 흐름이 좋지 않으면 빼도 괜찮은데, 조언해 주시면 감사…"

"아네스…"

차분히 가라앉은 목소리가 아네스의 말을 잘랐다. 지도 교수님이 히잡을 메만지며 굳은 표정으로 아네스를 보았다.

"네가 남자 교수님들을 좀 불편해해서, 내가 지도 교수가 되었지만…내가 개인적인 사정으로 더 이상 지도해 주기 어려울 것 같아. 심사가 얼마 안 남았는데 유감이네. 네가 스스로 다른 지도 교수를 찾아보아야 할 것 같다. 과 사무실에서 조교들에게도 도움을 좀 구해 보고."

청청벽력 같은 말에 아네스는 눈물도 나지 않았다. 이렇게 또 버림을 받는 건가…두려움이 엄습했다.

"교수님, 제발 부탁드릴게요. 저 이 논문 통과해서 졸업하고 바로 수도로 가려고 해요. 요즘 교사 자리가 있을지 알아보고 있구요. 한 번만 도와주시면 안 될까요…정말 좀 더 열심히 해서 좋은 논문으로 마무리할게요."

"아네스, 갑작스러운 일이지만, 미안하다고는 말하지 않겠다. 네 논문이 나빠서 그런 것도 아니야. 하지만, 분명히 더 이상 지도를 해 줄 수 없다. 그냥 다른 길을 찾아 봐라."

절망감에 휩싸여 어깨를 흔들며 흐느끼는 아네스를 방에 혼자 두고, 그 교수는 방을 떠나 버렸다. 혼자라는 고립감에 십여 분을 더 흐느끼다 아네스도 방을 나왔다. 조교실 앞을 지나가면서 그들의 수근거림에 뭔가 또 사건이 터졌다는 것을 직감으로 느낄 수 있었다. 서둘러 건물을 빠져나와 기숙사로 향했다.

기숙사 방에 갔을 때, 불안감은 폭발했다. 아이샤가 없었다. 아니, 아이샤의 짐도 다 없어진 뒤였다. 침대 매트리스 아래 감춰 두었던 책을 뒤져 보았다. 책은 있었지만, 분명 누군가의 손을 탄 것을 직감했다. 책갈피를 해 놓았던 포스트잇 중 하나가 없어졌다. 가까스로 매트리스 뒤쪽에 손을 집어넣어 떨어져 있는 노란색 포스트잇을 찾을 수 있었다.

책갈피가 떨어진 8장의 장면이 생각나 손이 덜덜 떨려왔다. 수많은 손가락질이 폐부를 찔러오는 듯하고, 수많은 돌팔매가 온 몸으로 내리 꽂히는 듯 통증이 느껴져 왔다.

공포에 휩싸인 아네스는 그 책과 갈아입을 옷을 배낭에 챙겨 도망치듯 기숙사를 뛰쳐나왔다. 종종 걸음으로 나가는 모습을 멀리서 바라보는 눈길이 있었다.

교문 앞까지 나갔지만, 아네스는 어디로 가야 할 지 알 수가 없었다. 검은 그림자는 아네스를 멀리서 몰래 따라붙고 있었다.

'아이샤가 성경책을 발견해서 신고한 것이 분명해…하아 하아… 벌써 핸드폰을 추적하고 있을까? 할머니에게도 연락할 수 없어. 가애에게 연락 했다가는 그들도 큰 어려움을 겪을거야…난 어디로 가야 하지?'

멈춰 있을 수 없어서 무조건 발걸음을 옮기고 있는 찰라, 띠리링… 모르는 전화번호로 전화가 울린다. 히잡 속 머리카락이 쭈뼛 서며… 받을 수도, 끊을 수도 없는 패닉에 빠졌다.

망설이는 사이 전화가 끊기고, 다른 번호로 전화가 왔다.

지난 번 만난 새엄마의 번호였다. 저장은 안 해 놓았지만, 끝자리가 88로 끝나 기억해 낼 수 있었다.

"아네스, 아네스!! 너 지금 어디니. 아빠가 지금 갈거니까 어디에 있는지 알려줘."

예상치 못했던 아빠의 목소리에 공포감이 몰려왔다. 앙칼진 목소리로 터질 듯한 스트레스를 폰으로 쏘아붙인다.

"왜요? 지금 학교인데, 왜 만나려고 하세요?"
"아네스야…갑자기 전화해서 놀랬을 줄 안다. 그런데, 급한 일이니까 아빠 말을 좀 들어줘. 지금 꼭 만나야 해. 아빠가 오토바이이로 갈꺼니까, 어디 안전한 곳에 있어라."

"그, 그럼…지난 번에 새엄마랑 만났던 곳에서 만나요. 오래 못 기다리니까 빨리 오세요."

"그래, 좀 전에 걸었던 전화 번호가 아빠 번호야. 다음에 전화하면 꼭 받아라. 지금 출발한다."

아네스는 그 식당이 보이는 사거리 맞은 편에 몸을 숨기고 서 있었다. 뭔가 불길한 예감 때문에 공개된 장소에 가만이 앉아 있는 것이 불안했다.

'띠리링…' 아빠에게 전화가 다시 왔다.

"아네스, 아빠다. 아무래도 거기가 좀 위험할 것 같다. 너 어릴 적 빠져 죽을 번했던 그 바닷가 생각 나니? 그 쪽으로 최대한 빨리 와라. 아빠 부탁이니 꼭 와야 해!"

아네스는 마을 방향으로 가는 버스 정류장을 향해 걸음을 시작하려다, 불에 데인 사람처럼 소스라치게 놀라며 뒤돌아 섰다. 칼릴이 허세같은 경찰 오토바이 소리를 내며 학교에서 식당 사거리 쪽으로 질주하는 것이었다. 뱀처럼 번득이는 살기를 띈 그 눈빛이 헬멧을 뚫고 나오는 듯했다. 식당 주변을 두리번 거리나 싶더니, 계속해서 누구를 찾는 듯 주행하기 시작했다.

그 해변가라면 저 칼릴이 아네스를 죽일 번 했던 곳이다. 마을의 배들이 정박되어 있는 곳이기도 했다. 마침 마을의 고기잡이를 도우러 온 아빠가 50m쯤 떨어진 배에 있다가 달려와 허우적 대는 아네스를 안아 올렸던 기억도 남아 있다. 하지만, 낄낄거리는 칼릴에게 한 마디도 혼내지 못했던 아빠가 더 큰 상처였었다.

'아…거북이 해변…그곳을 정말 다시 가야 하나?' 온몸으로 거부감이 들었지만, 살기를 띄고 돌아다니는 칼릴이 두려워 마침 온 버스를 타고 해변으로 출발했다.

막 출발하는 버스를 검은 옷을 입은 한 아저씨가 막아서고 올라타는 것이 보였다. 버스에는 십여명의 사람들이 타고 있었지만, 다행히 아네스를 알만한 사람은 없는 듯했다. 30분 정도 달리던 버스는 마을 거북이 해변 입구에 멈췄다. 검은 옷의 아저씨도 그 곳에 내렸지만, 거북이 해변 반대 방향으로 걷는 듯했다.

부다다다다…걷고 있는 아네스의 뒤로 급한 오토바이 소리가 들리고, '아네스…'를 외치는 목소리도 들렸다. 끽…멈추며 아네스의 손을 거칠게 끌어 오토바이의 뒤에 태웠다.

피난처

"아빠다. 다행히 무사하구나…빨리 여기를 벗어나야 해. 꼭 잡아라!"

오토바이가 출발하자 저 멀리서 달려오다 발걸음이 들렸다. 돌아보니 그 검은 사내가 헐덕거리며 전화를 하고 있었다. 삼 사분 달려 오래된 배들이 있는 곳에서 오토바이를 멈추고, 다시 거친 손끌림에 배에 오르게 되었다. 저 멀리 뛰어오는 검은 옷의 사내를 추월해 오토바이 몇 대가 전속력으로 달려오는 것이 보였다. 백 미터까지 쫓아오자 모래를 튕기며 오토바이의 속력이 줄었다. 엔진 소리는 오히려 더 격해졌다. 무리한 엔진에서 뿜는 배기가스가 특수효과처럼 뿌옇게 그들의 흔적을 만들고 있었다. 헬멧을 쓴채로 아빠는 죽을 힘을 다해 배를 바다쪽으로 밀어내고 올라타 줄을 당겨 시동을 걸었다.

'푸드득, 푸드드드득…' 시동이 걸리다 꺼지기를 반복하자, 삼십미터 앞까지 다가온 다섯대의 오토바이가 또렷히 보였다. 맨 앞에 칼릴이 맹수처럼 노려보며 사냥을 하기 전 잔뜩 움추린 모습이었다.

'푸드드드득…부르릉…' 드디어 시동이 걸리고, 출발했다. 아네스는 저항하지도 못 한 채 아빠에게 납치되는 기분이 들었다. 포식자를 피해 절벽 아래 급류로 다이빙한 느낌이었다. 일단 칼릴에게서 멀어진다는 안도감으로 숨을 돌렸다.

칼릴 일행은 오토바이를 모래사장에 버려두고, 세워져 있는 배 중에 하나에 올라타기 시작했다.

"야!! 거기 서!! 아네스, 너 죽고 싶어!!"

다행히 그들은 배가 익숙하지 않은 지 시동을 못 걸고 있었다. 여전히 해변에 멈춰 있는 칼릴 일행이 작은 점이 되어 갔다.

"아네스! 너 학교에서 신고가 들어와서 종교 경찰들이 너를 잡으러 간거야. 아까 따라오던 검은 옷의 사내가 사복 종교 경찰인 것 같아. 칼릴과 일반 경찰들에게도 협조를 넣어서, 너를 수색하고 있던 것이고. 도대체 무슨 짓을 했길래 쫓기고 있는 거야?"

"나도 몰라요. 갑자기 학교에서 룸메이트랑 지도교수가 이상하게 저를 대해요. 룸메이트는 벌써 짐싸서 사라져 버렸구요."

"그래, 아마 그 룸메이트일꺼야. 칼릴이 너한테서 이상한 분위기를 느끼고, 그 룸메이트를 통해 너를 감시했을꺼야."

아네스는 얼굴이 하얗게 질려 말을 더듬었다.

"그그그…그런데, 도대체 그 얘기는 어디서 들은 거예요?"

"할머니에게 들었다. 칼릴이 급히 연락을 받고 집에서 출동하는데, 아네스를 잡아 쳐 넣겠다고 욕하며 나갔나 봐. 네 사촌 동생 칼리가 분노가 폭발한 오빠의 모습을 보고 큰 일 날 것 같아 할머니에게 얘기했대. 할머니가 뭔가 무서운 일이 또 벌어졌다는 직감이 들어서 나에게 전화를 하신 거야. 섬 밖에서 오느라 시간이 좀 걸렸다."

"저는 당신에게 도움받을 생각 없어요. 저를 빨리 어디에 내려 주세요. 내가 걱정되서 오신 게 아니라 내가 집안에 수치를 줄까봐 오신 거 아니에요?"

"아니다, 아네스. 지금은 너무 위험해. 네가 불편해도 아빠 도움이 필요하다. 혹시 너를 몰래 좀 도와줄 사람은 없니?"

"없어요!! 저는 항상 혼자였어요!!"

지금은 아빠의 도움이 필요하다는 것을 알았지만, 한편 아빠를 향한 분노가 차오르면서 이성의 끈을 놓아버릴 것처럼 흥분했다.

"왜요, 저도 엄마처럼 죽이고, 내 친구들도 잡아서 쫓아 내게요?"

아네스는 엄마가 빠져 죽었다고 생각되는 지점에 배가 가까이 지나가자, 증오와 울분이 솟구쳤다. 엄마의 죽음에 대한 트라우마가 수백개의 머리를 가진 바다 괴물이 추격해 오는 것처럼 느껴졌다. 수백개의 목소리가 내는 외침이 머리속을 웅웅거렸다. 순간 복수할 결심이 또렷하게 떠올랐다.

"당신이 여기서 엄마를 죽였잖아…어떻게 인간이 그렇게 잔인할 수 있어?"

모터 소리를 뚫고 아네스의 외침은 하킴의 가슴을 강타했다. 하킴은 보트의 속도를 줄이고 멈췄다. 쇠망치로 머리를 두들겨 맞은 사람처럼 비틀거리며 보트 바닥에 주저 앉았다. 갑작스러운 고요와 침묵 가운데 파도 소리도 아련했다. 몇 십 초의 시간이 영원처럼 고통스러웠다. 하캄이 가까스로 할 말을 찾아 내 웅얼거렸다.

"아…아빠는…엄마를 너무 많이 … 사랑했어…"

하늘이 무너진 것 같은 아빠의 표정과 한번도 상상하지 못했던 말에 아네스의 심장이 반격당했다.

"뭐, 뭐, 뭐…뭐라구요? 사랑해서 죽였다…뭐 그 따위 말을 하는 거예요? 아빠가 다리 위에서 엄마를 칼로 찌르고 바다 위로 던져 버렸다는 얘기 다 들었어요! 이제 와서 무슨 변명을 하겠다는 거야?"

두 주먹을 움켜쥐고 미친듯이 악을 쓰는 아네스의 두 팔을 하킴이 붙잡았다.

"아네스야…마을 사람들 앞에서 엄마를 편들지 못 한 것은 미안하다. 하지만, 그렇게 엄마가 죽은 것으로 위장하지 않으면 엄마는 정말 죽을 수밖에 없었어.

엄마를 사랑하는 만큼 원망도 많이 되었어. 그냥 살던 대로, 믿던 대로… 우리 함께 행복하게 지내면 되었는데…왜? 왜? 왜?"

"엄마가 왜 외국인들을 만나고, 이상한 종교를 믿게 되었냐고 원망하는 거예요? 그것도 알라의 뜻일 수 있잖아요?"

"마을 사람들은 하갈이 알라의 뜻을 배신했다고 믿었어. 귀신에 씌여서 마녀가 되었다고. 아빠도 엄마의 믿음에는 동의할 수 없었다. 그래서, 엄마에게 제발 돌이켜 달라고 사정도 했었어. 네 작은 아빠가 알게 되기 전까지는 말이다."

"사랑했다면, 엄마에게 선택권도 주고, 그 선택을 존중해 주어야 하는 것 아녜요? 강요하고 자유를 빼앗는 것이 무슨 사랑이에요?"

"아네스야…너도 알다시피 우리는 이슬람을 떠날 수 있는 선택권이 없어. 이슬람이 진리라는 것을 의심할 수 없기 때문이야."

"진리에 대해 의심해 볼 수 있는 자유가 없다면, 그게 과연 진리인가요? 세뇌지요. 나는 진리를 내가 찾고 선택할 거예요. 프로그래밍 되어 살기 싫어요. 저는 종교 로보트가 되기 싫어요. 자유의지를 가진 사람이라구요!"

"오…이런…인샬라…너도 네 엄마처럼 되었구나…제발…아네스"

하캄은 절망했다. 그의 종교적 신념은 딸에 대한 사랑보다 더 강해 보였다.

"엄마가 이랬던 거라면, 저도 엄마의 길을 가겠어요. 엄마의 생각을 지지하고 이해해요."

아네스도 물러서지 않았다.

“아…아네스…너무 위험해…이 아빠의 입장도 이해해 주렴. 아빠는 너까지 잃고 싶지 않아. 사람들이 너를 용납하지 않을 거야.

그 때도 할아버지의 유산을 탐냈던 작은 아빠가 엄마에 대한 소문을 마을에 냈어. 그래서 그날…마을 사람들이 몰려와 엄마를 모스크 광장에 세우고, 돌을 들었던 거야. 내가 도저히 말릴 수 없는 분노와 에너지로 엄마를 심판대에 세웠지. 그래도 다행히 아네스 네 덕분에 사람들의 흥분을 가라앉힐 수 있었다.”

“.....”

“너에게는 너무 미안했지만, 네가 엄마를 살릴 수 있다고 생각하고 품에 안고 있던 너를 땅에 내려 놓았어. 너를 엄마에게 뛰어가게 만들었어. 너는 돌맹이를 들고 있는 사람들을 뚫고 달려갔지. 날아온 돌 하나가 네 어깨에 스쳤어. 쓰러지기 전에 엄마는 초인적인 힘으로 너를 끌어 안았어. 네가 안겨 울면서 그들의 살기가 좀 수그러 들었다.

그 틈을 타서 아빠가 그들을 막아서며, 내가 끝장 내겠다고 했지. 그제야 사람들이 물러나기 시작했어.”

“그래서, 초승달 밤에 아빠가 칼을 준비해서 엄마를 끌고 나간 거잖아요. 죽이려구요!"

"그래, 맞아. 그렇게 보이려 했지. 그래야만 했어. 엄마에게 가기 전에 새끼 염소를 잡았어. 피를 비닐에 담고, 배낭에 구명조끼도 챙겼다. 엄마를 거칠게 끌고 다리위로 갔어. 뒤에 몰래 따라오는 인기척도 물론 알았지. 증인이 필요했어. 다리에 도착해서야 좀 더 거리를 벌릴 수 있었지.

초승 달빛이 어두운 밤…교각 위에 피를 뿌리고, 칼로 엄마 히잡을 잘라 피범벅을 만들었다. 비명도 지르게 했고, 몸싸움으로 반항하는 것처럼 보이게 했어. 순식간에 구명조끼를 입고 물속에 뛰어들게 했어. 그 이상은 정말 알라의 뜻이라 생각했다. 태풍이 몰려오고 있어서, 비바람이 치기 직전 이었어. 엄마는 수영을 할 줄 아는 사람이니, 반대편 육지까지 무사히 살아서 도착하기만을 기도했단다."

"그래도, 비겁해요!! 죽을지 살지도 모르는 바다로 엄마를 떨어뜨리다니…"

"그래, 맞아 비겁했어. 그 정도로 상황이 급박했단다. 아빠를 이해해 달라는 건 아니야. 하지만 엄마와 아빠의 사랑에 대해서는 네가 이해해라. 그 사랑의 결과가 바로 너니까. 하지만, 아빠가 할 수 있는 사랑은 거기까지였어. 일단 죽음의 고비를 넘기게 하고 육지에서 엄마를 다시 찾아서 같이 도망가려 했다. 그런데, 결국 엄마를 찾지 못했어…한동안 돌아다니며 엄마를 수소문했지만, 확실한 목격자를 못 찾았어. 그 후…너도 살려야 했고, 수치를 당한 가문도 회복시켜야 했다. 사랑하지 않는 이맘의 여동생과 결혼해, 육지 쪽으로 빨리 이사를 갔어. 엄마를 찾았다면, 너를 데려다가 같이 멀리 도망갔을 텐데…정말 미안하다. 새 엄마는 너를 키우기에는 너무 모자란 사람이었어. 너에게서 떨어뜨려 놓는 것이 더 낫다고 생각해 할머니가 계속 키우시게 부탁드렸다."

"그래도, 나를 데려갔어야죠! 나는 엄마도 잃고 아빠에게도 버림받은 채로 살았단 말이에요!

어쨌든 상관 없어요. 나도 엄마가 믿게 된 예수를 믿게 될 것 같아요. 그 때 만났던 그 외국인 가족을 다시 만났단 말이에요. 그들은 내가 그 때 그 꼬마인 줄은 꿈에도 생각하지 못해요. 하지만…내가 먼저 알게 되었어요."

"하아…뭐라고…아네스, 다시 그들을 만났다고? 안 된다! 그들과 엮이면 네 인생도 위험해져."

"아빠, 이제 나를 도와 줄 사람은 그들밖에 없어요. 오늘 아침까지는 그 가족 때문에 엄마가 죽었다고 생각해서 멀어지려 했는데…아녜요. 난 그들이 믿는 예수를 믿어 볼 거예요…"

갑작스러운 바람에 히잡이 격하게 펄럭였다.

"아빠, 빨리 시동 걸어요. 가야 해요!"

하나, 둘, 셋…

부아아아앙…멀리서 모터 소리가 들려왔다. 칼릴의 배가 쫓아 오는 것이 보였다.

"아빠, 원숭이 동굴로 데려다 주세요. 박쥐동굴 보다 남쪽에 있어요. 맹글로브 숲이 시작되는 곳에 숨겨진 선착장이 있거든요. 거기에 내려 주시면 되요. 거기에 숨어서 션 일행을 기다렸다 만나겠어요. 저들은 아빠도 계속 감시할 거에요. 아빠와 같이 있으면 같이 위험해 질 수 밖에 없어요."

고기잡이를 했던 아빠의 운전 솜씨는 녹슬지 않았다. 바로 맹글로브숲으로 가지 않았다. 연료를 체크하고 섬 쪽으로 선회했다. 저 멀리 칼릴의 배도 방향을 바꿔 쫓아왔다.

30분 정도 추적을 당했지만, 암초가 있는 지역으로 가서 추격자들을 따돌릴 수 있었다.

이제 전속력으로 맹글로브숲으로 배를 몰았다. 원숭이 동굴은 절벽 아래에 있어서 배를 타고서만 들어갈 수 있었다. 아무도 없는 것을 확인하고 아네스를 몰래 내려 주었다. 이제 추격의 눈을 피해 돌아가야 한다. 맹글로브 나무 사이 사이로 천천히 빠져 나가며 육지 해안선을 따라 출발했다.

“아네스, 안전하게 들어가 있어. 칼릴의 배가 암초에 갇혀서 해양경찰이 수색을 시작했을지도 몰라. 내일도 낮에 움직이는 건 위험하니까 아빠가 내일 해가 지면 다시 올께.”

어둠은 점점 짙어졌다. 아네스는 허리를 굽히고 동굴 입구로 살금살금 걸어가 동굴 그림자 속으로 빨려 들어갔다. 모터 소리가 멀어진 후에야 핸드폰을 꺼냈다. 전파가 잘 잡히지 않았다. 비밀 쉼터까지 오니 전파가 간신히 잡힌 것 같았았다. 가끔씩 새와 원숭이의 소리가 날 때 움질움질 놀랐지만, 쉼터를 둘러 싼 허브 줄기들이 나름 아늑했다. 가애에게 이 곳에 있다는 메시지를 보냈다. 어릴 때 부터 쌓인 거절감 때문에 무리한 도움을 요청하는 것에는 익숙하지 않았다. 차마 위험에 처했고 도와달라고 하기 어려웠다.

‘사정이 있어서, 그때 왔던 동굴로 도망해 하루밤을 지내게 되었어’ 이렇게 추가 문자를 보내고, 쉼터의 넓찍한 바위에 털썩 쓰러져 누웠다. 9시가 넘은 시간…피로감이 엄습해 왔다. 다행히 챙겨 온 물병에 물이 약간 남아 있었다. 남은 물을 마시니 시원한 바람이 불어왔다. 멀리 몇번의 모터보트 소리가 지나갔다. 주변을 수색하는 것이리라. 자정을 지나며 깨질 듯한 두통이 조금씩 풀리며 얕은 잠 속으로 빠져 들 수 있었다.

향유 옥합

몇 시간을 자고 일어났을까? 아직 해가 뜨지 않은 새벽의 쌀쌀한 바람이 아네스를 깨웠다. 이런 긴장 상황에서 잠을 잘 수 있다는 것이 신기했다. 망상처럼 잠을 방해하던 꿈도 꾸지 않아 개운함을 느꼈다. 알 수 없는 평안이 울타리쳐 있는 것 같은 기분이 들었다.

어둠속에서 핸드폰을 켰을 때 동공이 자극되며 남은 잠이 달아났다. 가애가 아직 메시지를 읽지 않은 것 같았다. 안테나 한 칸, 밧데리 한 칸…핸드폰을 보며 순간 현타가 왔다.

'만약 메시지가 전송되지 않은 거라면, 언제까지 여기에 갇혀 있어야 하는 걸까? 아빠가 나를 또 버리고 간 거라면? 칼릴이 아빠를 붙잡아 나에 대해 캐 묻고 있다면? 아니, 다리카페를 덮쳐서 가애와 선우를 잡아 간다면….”

불길한 상상이 남아 있던 평안을 깨뜨렸다. 아늑했던 동굴이 오싹하고 답답하게 느껴지기 시작했다. 작은 소리에도 예민해진 심장이 쿵쾅거렸다.

'기도를 해 볼까? 하나님은 과연 내 기도를 듣고 계실까?'

막상 어떻게 기도해야 할 지 생각이 안 났다. 그저…도와 주세요, 구해 주세요…를 속으로 반복했다. 그러다, 우물가와 돌팔매 앞에서 만났던 예수가 떠올랐다. 다시 그분을 만나고 싶었다.

습관적으로 메카 방향을 찾으려 핸드폰 앱을 켰다가, 밧데리가 5%로 줄어든 것을 보고 바로 껐다.

'아…지난 번에 예수님이 예배할 때 장소나 방향이 중요하지 않다고 했지. 영과 진리로…아, 어렵다. 그냥 형식을 얘기해 주셨으면 그대로 할텐데…도대체 어느 방향으로 하면 좋을까? 히잡을 쓰고 하는 것, 벗고 하는 거…무엇을 더 좋아하실까?'

아네스는 히잡을 벗고 코란을 읽어 본 기억이 없다. 혼자 있을 때 코란을 잘 읽지 않았고, 모스크나 종교학교에서 읽을 때는 항상 히잡을 썼었다. 하지만, 내심 알라는 남자일꺼라 생각되어, 가족이 아닌 남자 앞에서는 항상 히잡을 쓰는 습관 때문일 수도 있었다.

'어짜피 형식이 중요하지 않다면, 히잡을 벗고 기도를 해 볼까봐. 방향도 그냥 하늘을 향해서 한다고 생각하지 뭐. 절을 해야 하나? 손을 들어야 하나? 무릎은 꿇어야 겠지?'

밤새 벗지 않아 답답했던 히잡을 벗어 가방에 놓았다. 고무줄로 묶여 있던 검고 머리를 풀어 치렁치렁하게 늘어뜨렸다. 절대자 앞에 맨머리로 나아가는 어색함도 잠시 점점 자유함이 느껴졌다.

무릎을 꿇었다가 돌에 배겨서, 일어나 손을 들어 보았다. 동굴 입구 쪽으로 몸을 향하니 신선한 바람이 흘러 들어왔다.

"내가 영으로 예배합니다. 내가 진리로 예배합니다. 전능하신 하나님 여기 나와 함께 하소서…"

전통 방식의 단조 가락에 가사를 붙여 흥얼거려 보았다. 동굴의 공명이 거룩한 분위기를 자아냈다. 아네스의 고백은 새로운 방식으로 이어졌다. 짧지만 진실되고 강렬한 고백이 이어졌다.

"나의 예배를 받으시네. 나의 기도를 들으시네. 나를 마중하시네. 우물에서 만나 주시네…생명의 물을 주시네. 꿈꾸던 만남을 주시네, 사랑……"

사랑이란 단어를 이어가지 못하고 눈물이 터졌다. 20여년 퇴적물처럼 쌓인 감정들이 소용돌이 치며 눈물로 쏟아져 나왔다. 눈 높이로 들었던 두 손이 어느새 흐느끼는 가슴에 포개져 있었다. 가슴에서 뭔가 용암처럼 뜨거운 것이 쏟아져 나왔고, 아네스는 자연스럽게 흘러내리도록 두었다. 그것은 아네스 삶의 갈라진 틈을 메우고, 깊게 패인 구멍을 덮어가고 있었다.

한참을 흐느꼈다. 슬픔보다는 감격에 가까운 눈물이었다. 어느새 감겨진 눈 위로 어스름한 빛이 느껴졌다. 새벽 빛…얼마나 시간이 흘러갔는지, 완전히 새로운 풍경이 눈 앞에 펼쳐지고 있었다. 어스름 속에 모든 만물이 다시 태어나고 있었다. 새로운 태양, 새로운 공기, 새로운 파도, 모든 것이 새로운 날이 되었다… 부지런한 새는 벌써 창조주를 찬양하며 날아 다니기 시작했다. 입구를 가리고 있던 나뭇가지도 두 팔을 흔들며 생명을 뿜어내고 있었다. 세미하게 떨리는 잎새 사이로 신선한 햇살이 비집고 들어왔다. 아네스는 이끌리 듯 입구쪽으로 발걸음을 옮겼다.

"와…하아…하아…하아…."

숨이 막힐 정도로 아름다운 일출이 파도와 넘실거리고 있었다. 군데 군데 하얀 구름이 카페트처럼 깔려 있고, 바다에는 잔잔한 물결이 반짝이고 있다. 넋을 놓고 바라보는 아네스의 눈앞에 하얀 플루메리아 꽃잎이 떨어졌다. 순간적으로 어깨쪽에 꽂혀 있는 플루메리아 브롯지에 손이 갔다. 엄마가 남긴 유일한 유품이었다.

‘‘아…엄마…엄마…어쩌면 아빠가 엄마를 죽인 것이 아니었어. 내가 엄마를 죽게 한 것, 선우 가족이 그런 것도 아니었어. 그래, 나도 아빠도 엄마를 살리려 했을지 몰라. 그래, 어쩌면 하나님도 엄마를 죽이지 않으셨을지 몰라…엄마…어딘가에 꼭 살아 있어 줘요…’

띠링 띠링…침묵하던 핸드폰에서 메시지 수신음이 들렸다. 가애였다. 문자가 깜짝 놀라 펄펄 뛰는 것 같았다.

‘아네스, 괜찮아? 진짜 진짜 미안해…내가 어제 밤에 일찍 잠들어 버렸지 뭐야. 너한테 힘든 일이 있었는지도 모르고 잠만 퍼 잤네. 이런 바보. 지금 전화해도 돼?’

아네스는 급하게 짧은 문자를 남겼다.

‘지금 밧데리가 거의 끝이라 통화는 안 될 것 같아. 나 잘 있어. 그 동굴에 있는데 배가 없어. 너무 멀지?’

띠릭…아…답장이 갔는지 안 갔는지 모르는 상태로 핸드폰의 전원이 나가 버렸다. 하지만, 더 이상 불안하지는 않았다. 가애가 오거나…어쩌면 아빠가 정말 다시 올지도 모른다고 생각했다.

오전 시간은 이런 감격을 누리느라 쉽게 지나갔다. 잠시 쉬었다가,

다시 자연의 경이로움에 빠져 들었다. 초능력이 생긴 것처럼 평소에는 보지 못했던 창조의 디테일들이 눈에 쏙쏙 들어왔다.

핸드폰이 꺼져 시간은 알 수 없지만, 점심 때 쯤 된 것 같았다. 어제 오후부터 아무 것도 먹지 못해 배가 많이 허전했다. 아네스는 어떤 욕구가 생기든지 책으로 풀어 왔던 습관이 있었다. 가방을 뒤져볼까 하다가 간단히 짐을 챙기느라 책을 못 가져온 것이 후회되었다.

혹시나 가방을 뒤질 때, 그 작은 책이 손에 잡혔다. 이 모든 혼란의 시발점이 된 그 책.

호기심으로 읽었던 때와 다르게 정말 이 책이 읽고 싶어졌다. 예수님을 책에서 다시 만나고 싶어졌다. 아네스는 책 속으로 빠져들었다.

"여기 와서 좀 도와줘! 음식이 급해요"

"손 씻을 물이 부족한데, 누가 우물에 좀 다녀와 주세요."

"그릇도 좀 더 있어야 할 것 같은데, 이웃집에 가서 좀 빌려 와야겠어."

시끌벅적한 잔치였다. 몇몇은 옷자락를 휘날리며 바쁘게 움직였지만, 그 얼굴에는 기쁨이 가득했다. 집 안에는 기분좋은 허기를 느끼는 남자들이 십여 명 있었다. 무엇인가를 손에 들고 서 있는 아네스의 얼굴에는 환희와 주저함이 공존하고 있었다. 잠시 후 뭔가 결심한 듯, 손에 든 것을 가지고 집으로 들어갔다.

'예수님…이 향유는 제가 가진 것 중에 가장 귀한 것입니다. 하지만, 전혀 아깝지 않습니다. 주님이 저에게 가장 귀한 분이기 때문입니다.'

예수님은 발치에 앉은 아네스를 물끄러미 내려다보았다. 그분의 눈가는 촉촉하게 젖어 있었다. 향유를 한 방울도 남기지 않고 그분의 발에 부었다. 풍성하게 흘러내린 머리카락을 조심스럽게 움켜 쥐고 그 발을 닦았다. 아네스의 눈동자는 환희에 차 있었다. 깊은 존경과 연모를 담아 두손을 움직였다. 귀하게 손질하던 머리카락이 수건처럼 사용되었지만 하나도 수치스럽지 않았다.

주변에는 놀란 사람, 당황한 사람, 음흉한 표정을 짓는 사람들도 있었다. 저마다 아네스의 행위를 평가하며 한 마디씩 뭐라고 수근거리기 시작했다.

"제자들아. 이 여인이 나에게 가장 좋은 일을 하였다. 너희를 위한 내 죽음과 장례를 예비하였구나. 내가 너희를 위해 죽을 때 이 여인의 섬김을 기억할 것이다. 이 여인의 일이 온 세상에 함께 전해질 것이다. 나에게 가장 좋은 것을 드린 이 여인을 너희도 괴롭게 하지 말아라."

아네스가 올려다보자 예수님은 그윽하게 모든 것을 안다는 표정을 지었다.

'주님, 이제는 고백할 수 있습니다. 예수님 사랑합니다…
하늘 아버지…사랑합니다.'

〈가장 귀한 분〉

내게 귀한 것 무엇 있나 내게 소중한 것 무엇 있나
그 누구에게도 줄 수 없는 그것이 내게는 무엇
내게 귀한 것 바로 그것 내게 소중한 것 바로 그것
그 누구에게도 줄 수 없는 그것을 주님 드리리
내게 있는 향유 옥합 깨뜨려 주님 발 위에 붓고
내게 있는 긴 머리카락으로 귀한 주님 발을 닦아 드리리
남들이 뭐라 해도 좋아 내 모습 이대로 주님 사랑하여 주시니
내 귀한 것 잃어도 좋아 가장 귀한 분 오직 주님뿐이야

눈물이 솟아 나와 시야를 가렸다. 눈을 감고 벅찬 마음을 음미하고 있었다. 싸늘한 바람이 향유로 젖은 손을 스쳐간다.

하나,

둘,

셋…

순식간에 장면이 바뀌며 초승달 칼이 번뜩이며 살기를 내뿜었다. 스윽…새끼염소였다. 흰색 몸통에 감고 긴 귀를 가진 새끼 염소가 공포에 신음하고 있었다. 어둠속에 있었지만 한 눈에 알 수 있었다.

'서거거걱…' 바람이 새는 소리를 내며 옆으로 눕혀져 있는 염소와 시선이 마주쳤을 때 다시 눈을 질끈 감았다. 흑백으로 보였지만, 주변에 흘러나오는 끈적한 액체가 무엇인지 알 수 있었다.

'아…염소야. 네가… 엄마를 대신해 죽은 거니?'

그리움은 미안함으로 이어졌다. 고개를 떨구고 질끈 감은 눈에는 연신 눈물방울이 떨어져 내렸다.

"아네스야, 이제 나를 봐 다오…후우우우"

낮은 신음이 섞인 음성이었다. 퉁퉁 불어버린 눈을 들었다. 어둠속에 십자가가 눈에 들어왔다. 정적과 고독이 십자가를 둘러싸고 있었다. 나지막한 언덕위에 세워져 있었다. 땅에 털버덕 주저 앉은 아네스의 시선에는 하늘로 솟구쳐 보였다. 십자가가 언덕의 능선을 하늘과 연결하고 있었다.

"아…예수님…"

"사랑하는 아네스야, 나는 너의 다리야. 하늘 아버지와 끊어진 너를 연결한다. 나를 밟고, 나를 통해, 나로 인해 아버지께로 나아가렴. 이 다리와 연결되면 그 무엇도 끊을 수 없단다. 태풍도 아버지의 사랑을 끊을 수 없다."

"아멘…예수님…저 믿어요. 이제 십자가를 건너 하늘 아버지께로 가요. 저를 받아 주세요."

"사랑한다. 아네스, 너는 내게 가장 귀한 사람이다. 내게로 와 주어서 고맙구나. 이제 나와 영원히 함께 하자."

〈가장 귀한 사람〉

나는 기억하네 너의 깨어진 옥합
아낌없이 내게 부어진 향유
하늘과 분리되고 땅에서 거절당해
십자가의 고독 속에 갇혀 있을 때

나는 기억하네 너의 예배의 향기

피와 땀과 먼지로 굳어진 내 머리 위에
나는 느껴지네 너의 긴 머리카락
온 몸의 고통이 흘러내린 내 발등 위에

내게 있는 나의 몸 너의 옥합과 같이
아낌없이 깨뜨리고
내 몸에 담겨진 이 생명의 피는
너의 향유처럼 부어진다

그 누군가 뭐라 해도 난 상관없어
너를 살릴 수만 있다면
내 모든 것 잃어도 상관없어
너는 내게 가장 귀한 사람

노을빛 물속으로

얼마나 시간이 지났을까? 덥지는 않았지만, 허기와 목마름에 지쳐 있었다.

부르릉…타타타타…동굴 밖에서 보트가 멈춰서는 소리가 들려 왔다. 정신이 번뜩 들며 본능적으로 몸을 숨겼다.

"아네스…아네스…거기 있어?"

다행히 가애의 목소리였다. 선우의 목소리도 함께 들렸고, 이 지역 사투리로 아네스를 찾는 소리도 들려왔다. 아네스는 황급하게 히잡을 집어 쓰며 대답했다.

"가애야, 나 여기 있어. 아…할아버지도 오셨네요?"

영어와 현지어를 섞어 사용하는 아네스의 입가에 웃음이 퍼졌다. 선우에 대해서는 아직 어색함이 완전히 가시지 않았다.

“아네스…건강해 보여서 다행이야. 문자 받고 빨리 온다고 왔는데, 이 동굴을 아는 사람이 많이 없을 것 같아서 할아버지를 찾아 다녔어. 좀 전에 집 근처에서 만나서 급하게 부탁드려 온 거야.

핸드폰은 꺼져 있는 것 같던데…괜찮아?”

“응, 핸드폰이 꺼져 버려서, 할 수 없이 다른 분과 대화를 많이 했어. 하나님…후훗…이제 요한복음도 거의 다 읽었다. 오전에 제대로 그분을 만난 것 같아. 오늘 하루 종일 그분과 얘기 많이 했어…지금 몇 시야?”

“오후 4시가 넘었어. 배고프지. 급한대로 먹을 것을 좀 챙겨오긴 했는데…우리도 점심을 못 먹었어. 같이 먹자.”

“응…너무 좋지. 그런데, 여기에 배가 있으면 좀 위험할 것 같아. 밝을 때 마을로 들어가는 것도 좀 그렇고. 칼릴 일당이 나를 추적하고 있는 것 같거든.”

“그래? 그 말로만 듣던 칼릴을 오늘 혼내 줄 수 있겠군. 나타나기만 해 봐라. 내가 이단옆차기로 그냥…”

“선우…아니 션…션 오빠…사실 나 20년 전 오빠네 가족이 만난 그

꼬맹이 샤아야. 무슬림들은 이름이 길어서 한 부분을 잘라 짧게 쓰는데, 나 어릴 때는 샤아라고 불렀었어. 시티 샤아네스 빈티* 무하마드가 내 본명이야. 샤아…기억 나?"

"뭐라고? 아…정말? 네가 그 꼬맹이라고? 어쩐지…처음 봤을 때부터 낯설지가 않고 귀여워 보이더라니. 내가 너를 거의 업어 키웠잖아…히힛…정말 놀랍다…그런데, 엄마 아빠는 잘 계셔?"

"션 오빠…사실 얘기하려면 너무 길어. 일단 할아버지 보내드리고… 좀 먹자. 어쩌면 해 지고 나서 아빠가 여기 오실지도 몰라. 그 때까지 일단 있어봐야 할 것 같아."

"그래? 그럼 혹시 아빠가 못 오실지 모르니까, 할아버지에게도 해 지고 한 번 와 달라고 해야겠다. 어쨌든 어두울 때 여기서 나가야지."

그들은 할아버지를 환송하고, 쉼터에 와서 늦은 점심을 먹기 시작했다. 어릴 적 두 꼬마는 마주앉아 그 때처럼 오른손으로 음식을 먹었다. 아네스의 지난 이야기를 들은 가애는 연민의 눈물을 끊임없이 흘렸다. 선우도 아네스가 고생한 얘기가 나올 때마다 연신 미안하다

---

* 빈티binti는 누구의 딸, 빈bin은 누구의 아들 이라는 뜻이다. 성처럼 사용된다.

는 말을 아끼지 않았다. 대화속에 예수님이 함께 하시는 것을 느꼈다. 산들한 바람 속에 용서와 회복이 전해졌다.

"나… 그냥…이제 세례를 받아도 될 것 같아. 칼릴 빼고는 다 용서한 것 같아. 나중에 좀 더 믿음이 커지고, 칼릴이 눈 앞에 없으면…어쩜 용서할지도? 그래도 지금은 많이 힘들어."

"그래 그래…살쾡이 같은 놈을 나도 용서할 수 없다. 그 나쁜 놈은 우리가 충분히 미워하고 욕하자고. 그래도, 아네스 마음의 상처가 많이 치유된 것 같아서 너무 감사해. 정말 우리 예수님은 너무 좋은 분이시지…"

가애가 또 훌쩍대기 시작했다. 아네스도 아까의 십자가가 생각나 눈물이 났다. 선우도 천장으로 고개를 들고 눈물을 참는 것이 보였다.

"아네스…그럼 나와 부모님을 용서한 거야? 네 마음이 풀릴 때까지 계속 미워해도 괜찮아. 네가 용서할 때까지 계속 사과할게…"

"아니야. 지금 생각하니 우리에게 정말 제일 좋은 것을 전해주고 간 거잖아. 그걸 받아들일 수 없는 마을 사람들이 약간 원망스럽지. 아빠도 못 받아들이셨지만, 엄마를 너무 사랑해서 도망가시려 했데.

다시 만나려는 계획은 결국 이루어지지 않았지만...

우리에게 기쁜 소식을 전해준 션 가족에게 감사해. 사과 대신 나와 가족을 위해 기도해 줘. 거창하지만 이 나라를 위해서도. 진리를 선택할 수 있는 자유가 생기기를…"

"물론이지. 사실 나 그게 티히란 섬에 다시 온 이유야. 할아버지에 대한 생각도 있었지만, 할아버지가 목숨을 바쳐서 구한 사람들. 이 땅의 사람들이 예수님의 사랑을 알았으면 좋겠어서…"

"선우! 잘도 갖다 붙이시네? 나한테는 정말 아름다운 섬이 있는데, 거북이랑 놀 수 있고…열대어도 많다고…거기에 정착하면 방랑벽이 없어질 것 같다고…뭐시기 뭐시기 하면서 도와 달라고 하더니."

"뭐…그런 면도 있긴 했지. 세계 이 나라 저 나라 다녀 봤지만, 이 섬이 많이 생각나더라고. 주로 다른 이슬람권 나라들은 험악하고, 기후도 너무 메말라서 피부에도 안 좋고…정착해 살고 싶은 곳은 없었어…후훗…가애야, 여기 와보니 정말 피부가 좋아지지 않았어?"

"피부야 뭐…내가 워낙 좋은 데다가 여기서는 화장품을 안 써도 물광이 막 나지…안 그래? 선우 너…안 그래도 어릴 적 만났던 너무 귀여운 여자아이가 있었고 어쩌구 했었잖아? 그런데, 막상 찾아가기는 좀 부끄럽다고… 잘 만났네. 야 하늘이 준 인연이다 야…이 누나가 다 기쁘다."

"흐흠… 야…우, 우리가 이러고 있을 때가 아니야. 이, 이따가 어떻게 조심해서 탈출해서 아네스를 어디 안전한 곳으로 보낼지…이…이거 빨리 의논해 봐야지."

선우가 말을 더듬고, 아네스의 얼굴이 빨갛게 달아오른 것을 보며 가애의 장난기는 계속 끓어 올랐다.

"그래, 이 누나가 너를 좀 더 놀려 주고 싶지만, 참는다. 이 귀여운 녀석들. 아참, 아네스 세례는 어떻게 해야 하지? 지난 번 선우 부모님 계실 때 부탁해 볼껄…"

"가애, 선우야…나중에 교회에서 세례를 한 번 더 받고 싶지만, 나 오늘 너희들과 세례식*을 하고 싶어. 사실 내가 어디 교회에 가서 세례를 받을 수도 없는 거 잘 알잖아…"

---

* 세례식 (상황화 contextualization) - 무슬림의 주어진 문화 가운데 복음을 받아들이도록 하기 위해, 회심 후 종교적 형식과 문화를 무슬림에게 맞추는 것. 복음의 내용과 본질은 변하지 않지만, 형식과 표현은 선교지의 상황에 맞출 수 있음을 양해 바람.

"그래, 그럼 지금 좀 어설퍼도 요한복음을 이용해 세례 문답을 좀 하고, 이따 노을 질 때쯤 진행해 보자. 어두워지기 전에 옷 갈아입고 기다려야 하니까."

"세례 문답은 아네스가 예수님을 구원자와 주인으로 네 삶 속에 모셔 들였는지를 확인하는 거야. 성경 퀴즈는 아니니까 걱정 말고."

"그래, 예수님의 십자가가 단단한 다리가 되어 너와 하나님의 사이에 생긴 절벽을 이어주시는 거야. 그 십자가를 믿고, 예수님을 구주로 고백하면 되는 거지."

"그럼, 세례 받고 난 다음에는 교회에 다니고 싶은데… 난 어떻게 해야 하지?"

"아네스, 걱정 마. 교회는 철골 위에 콘크리트를 부어 만들어진 건물이 아니야. 하나님과의 관계 위에 사랑이 부어져 만들어진 공동체이지. 믿는 사람들의 모임이 교회야. 아네스가 교회건물에는 못 들어가더라도, 주님 안에 가애, 나와 함께 하면 우리는 교회인거야.

당분간은 우리를 떠나 있어야 할 것 같고, 함께 만나 예배할 사람도 못 찾을 수 있으니까…내가 다이아나 통해서 온라인으로 예배할 수 있는 채널을 알려 줄께.

너처럼 몰래 예수님을 받아들인 무슬림들이 온라인으로 모여 예배하는 곳이야. 온라인 교회인거지."

그들은 즐거운 분위기 속에서 세례 문답을 진행했다. 묻고 대답하는 대화에 하늘의 기쁨이 넘쳐났다. 아네스는 며칠 전의 모습이 생각나지 않을 정도로 새 사람처럼 보였다.

드디어 뉘엿뉘엿 노을이 바다를 새빨갛게 물들여 가는 시간이 왔다. 노을빛 물속으로 들어갈 시간이다.

"잠깐, 나 물에 들어가기 전에 히잡을 벗고 싶어."

아네스의 말에 가애가 조심스럽게 답한다.

"그래, 아네스. 네 마음이 이끄는 대로 해. 주님이 너를 자유케 하실꺼야."

히잡을 벗고 머리를 풀었다. 검고 풍성한 머리결이 드러났다. 헤어스타일 하나만으로도 아네스의 실루엣과 인상은 완전히 새로웠다.

"후우…휴우…휴우…"

아네스는 긴장되었는지 심호흡을 쉬었다. 안 좋은 기억을 떠올리지 않기 위해 멀리 노을을 바라보았다. 선우가 먼저 물에 들어가 안전을 점검하고 있었다.

"여기까지는 깊지 않아. 바닥도 부드럽고."

배를 댔던 쪽 좁은 해변이었다. 아네스와 가애도 천천히 허리 높이까지 걸어 들어갔다.

아네스는 18년 가까이 쓴 히잡을 벗고, 10년 이상 들어가지 않았던 바다물에 들어가고 있었다.

"예수 그리스도를 믿고 하나님의 자녀가 된 아네스에게 성부와 성자와 성령의 이름으로 세례를 줍니다."

"아멘!"

물은 차갑지 않고 포근했다. 풍덩하고 뒤로 눕혀지면서 바다물의 부드러운 질감이 머리에 느껴졌다. 무중력의 공간으로 온 몸이 흡수되는 느낌이었다. 순간 죽음의 공포가 엄습했지만, 오히려 온 몸에 힘을 뺐다. 곧 엄마의 품에, 아니 엄마의 자궁 속에 안긴 것 같은 기분을 잠시 느꼈다. 가애와 선우가 아네스의 머리를 받치고 앞으로 일으켜 주었다.

"휴우우우우…"

물 속에서 올라온 아네스는 첫 호흡을 충분히 내 쉬고, 깊이 들여 마셨다. 새로운 세상에서 새로운 생명이 첫 호흡을 시작하는 기분이었다. 얼굴에 흘러내리는 바닷물을 닦아내고, 눈을 부벼 뜨니 저 멀리 다리가 한 눈에 들어왔다. 다리! 섬처럼 고립된 나에게 드디어 다리가 놓여진 것이다.

"난 이제 예수님과 연결되었어. 고립된 나에게 십자가 다리가 놓여졌어. 난파된 내 인생이 부두에 다다른 거야. 주님…고아 같은 나를 만나주셔서 감사해요. 이제 주님께 내 가장 귀한 향유를 드릴께요."

"그래, 아네스. 이제 너는 주 안에, 주님은 네 안에 계시는 거야. 아무것도 두려워 하지 말고, 너와 동행하시는 예수님을 의지해."

"아네스 정말 축하하고, 너무 감격스럽다. 이리 와봐. 언니가 안아줄게…"

가애는 아네스를 정성껏 안아 주었다. 얼굴로 흘러내린 머리카락을 귀 뒤로 넘겨 주었다. 볼을 마주해 부비며 사랑을 표현했다. 동굴로 돌아오는 세명 사람 뒤로 붉게 물든 검붉은 노을이 특별한 오늘을 장식해 주었다.

새벽을 향해

곧 어둠이 내렸다. 머리가 마르며 소금기로 서걱거렸다. 마지막 남은 물을 마시고, 짐과 쓰레기를 다 챙겼다. 가애는 편지라며 예쁜 봉투를 아네스에게 건냈다. 미소를 지으며 나중에 혼자 있을 때 꺼내 보라 했다. 가애의 보조 밧데리로 아네스의 핸드폰도 충전이 되어서 라이트를 켤 수 있었다.

출발 준비가 되었을 때 멀리서 모터 소리가 났다. 세명은 라이트를 끄고, 침묵 속에 기다렸다.

"션…션…거기 있니?"

"네 술라맛 할아버지. 저희 여기 있어요."

해류가 바뀌면서 파도는 약간 더 일렁이고 있었다. 선우가 흔들리는 배에 먼저 타고, 가애와 아네스의 손을 잡아 주었다. 술라맛 할아버지가 모터의 시동을 다시 걸려할 때, 다리 방향에서 또 다른 배가 다가오고 있었다. 모두 핸드폰 불을 끄고, 배 바닥으로 몸을 낮췄다.

"아네스, 아네스…거기 있니? 아네스…"

"네, 아빠…저 이 배에 타고 있어요. 맹그로브 마을에 할아버지와 친구들이 도와주러 왔어요."

하캄은 핸드폰 불빛을 흔들며 일행을 비춰보다 그 자리에 굳어 버렸다.

"아앗…장인어른. 여기 왠 일이세요?"

"하캄…자네야말로 어쩐 일인가? 아빠라니…자네가 이 아이의 아빠인가? 그럼…얘가 하갈의 딸?"

"네, 장인어른, 맞아요. 아네스에요…예전에는 샤아라고 불렀는데 기억 나세요? 거의 20년 만에 뵙네요. 어떻게 지내셨어요?"

"딸아이를 그렇게 잃었는데, 내가 잘 지냈겠는가? 하갈이 살아있다고 확신하더니…그 후로 하갈 소식은 아직 없는 거지?"

"죄송합니다. 제가 미친듯이 찾아 다녔는데, 아마 이 나라에는 없는 것 같아요. 육지 쪽 한 사람에게 비슷한 여인을 봤다는 얘기를 들었어요. 여기서 1시간쯤 떨어져 있는 도시의 한 외국인 가족이 그 여인을 보호하다가 외국으로 데리고 갔다고 들었는데, 이민국에 기록이 없어서 더 확인할 수 없었어요."

선우는 빠르게 머리 속으로 상황을 이해해 보려 했다.

"술라맛 할아버지, 그러면 저희 할아버지가 구해 준 어린 딸이 저 분의 아내라는 거에요? 이 친구의 엄마라는 말씀이세요?"

아네스가 동그랗게 커진 눈으로 말을 더듬었다.

"그그그…그러면, 제 외할아버지인 거에요? 아빠, 도대체 어떻게 된 거에요?"

"아네스야, 엄마가 실종된 후로 아빠도 할아버지를 한 번 밖에 못 봤어. 엄마가 혹시라도 할아버지에게 연락을 할까 해서 상황을 말씀 드리러 갔었지. 그 전까지는 너를 보셨지만, 그 이후로 너를 보러 마을에 오실 수도 없었지. 네 할머니가 엄마 가족들을 절대 못 만나게 했으니까. 정말 미안하다…"

"아이고…샤아야, 네가 이렇게 컸단 말이지…어흐흐흑…정말 고맙다. 그리고, 할아버지가 미안해. 너를 챙겼어야 했는데, 내 딸만 생각하느라 정신이 없었다."

"할아버지…이렇게 뵐 수 있어서 너무 감격스러워요. 내 인생에 아무도 없다고 생각했었는데, 오늘 여기 계신 분들이 계셨네요…"

20년간 굳게 닫혔던 마음의 문에 마지막 열쇠가 끼워졌다. 마음을 열어 가애를, 션의 가족을, 아빠를, 할아버지를 담았다. 션의 가족이 엄마를 죽게 한 원수가 아니라, 엄마를 살려 준 생명의 은인 가족인 것을 깨달았다. 하나님이 아네스의 인생에 비밀을 곳곳에 숨겨 놓으신 것이 너무 놀라왔다.

해후의 감격을 나눌 시간도 없이, 두리번거리는 조명이 다리 방향에서 비춰왔다. 아빠의 배를 쫓아 온 것이리라. 칼릴의 무리임에 틀림 없었다. 선우는 주먹을 꽉 쥐었지만, 가애는 선우의 주먹을 잡고 어깨를 누르며 속삭였다.

"아네스를 무사히 보내는 게 우선이야. 내가 아네스의 히잡을 쓸테니, 나랑 아네스 아빠 배로 옮겨타자."

"아네스, 히잡을 빨리 줘봐. 내가 쓰고 저 배로 건너갈테니까, 너는 여기 배 바닥에 보이지 않게 엎드려 있어. 절대 걸리지 말고, 안전한 곳에 가서 연락해. 너를 많이 많이 축복해…"

가애는 앉아서 히잡을 둘렀고, 먼저 옮겨 탄 선우가 가애가 옮겨 타는 것을 도왔다. 가애는 하캄의 배에 기둥을 붙잡고 서서 출발했다. 하캄은 섬 남쪽으로 전속력 질주를 시작했다. 써치 라이트를 집중하며 칼릴의 배가 미친듯이 뒤쫓았다.

술라맛 할아버지는 두 보트가 멀어진 것을 확인하고서야 아네스에게 말을 건냈다.

“자세히 보니 하갈과 정말 많이 닮았구나. 네가 그 때 하갈의 나이가 되었어. 이제 할아버지는 죽어도 여한이 없다. 하갈은 못 만났지만, 너를 다시 보게 되었으니…”

“할아버지, 정말 죄송해요. 제가 할아버지를 먼저 찾았어야 했는데, 사실 꿈에도 생각을 못했어요. 저는 거의 고아처럼 살았거든요… 할아버지도 저를 버린 줄 알았어요. 저도 할아버지를 만나서 꿈만 같아요.”

“그래, 그래…우리 샤하…이제 어떻게 해야 하니? 어디로 가야 안전할까?”

“저를 시외버스 터미널에 데려다 주실 수 있으세요? 아무래도 이 지역을 떠나야 할 것 같아요. 수도로 가는 밤버스를 타면 좋을 것 같아요.”

아네스는 가방에서 여분의 히잡을 찾아 썼다. 플로메리아 브롯지로 히잡을 여몄다. 운전대에 놓인 할아버지의 손을 잡았다. 오랜 세월의 흔적이 고목의 마디처럼 느껴졌다. 딸을 잃고, 손녀를 잊고 살아온 그 슬픔이 전해져 오는 것 같았다.

맹그로브숲 근처 선착장에 배를 세웠다. 오토바이로 갈아 탄 할아버지와 손녀는 터미널로 출발했다. 곧 이어질 이별이 너무 아쉬워, 할아버지의 허리를 감싸 안았다.

"할아버지, 오래 오래 건강하게 사세요. 제가 다음에 와서는 정말 기쁜 소식을 전해 드릴께요. 할아버지 위해서 매일 기도할께요."

자정에 출발하는 버스표를 샀다. 매표소에서 학생 할인을 위해 학생증을 건내며 아네스는 씁쓸한 웃음을 지었다. 이제 더 이상 학생이 아닐지 모른다…마지막일지 모르는 학생티켓을 받아 들고 버스를 탔다.

할아버지에게 격하게 손을 흔들며 출발했다. 핸드폰을 급하게 꺼내, 창밖에 서 계신 할아버지와 셀카를 찍었다. 할아버지가 멀어지자 핸드폰에 온 가애의 메시지를 확인했다.

'섬쪽 부두에 도착해서 칼릴에게 멋지게 한 방 먹여 주었음. 내가 아네스가 아닌 것을 알고 씩씩거리며 시비를 걸어 왔잖아. 앙칼지게 소리지르며 선우의 어깨를 거칠게 밀치고, 소리 지르며 나에게도 폭력을 쓰려 하는데…선우가 돌려차기로 공중부양 시켜 버림. 정당 방위라 더 따지지도 못치고 깨갱. 사실은 겁쟁이였어. 한 대 제대로 맞더니 꼬리를 바로 내리던데. 동영상 못 찍은 것이 정말 아쉽네'

'나이스!! 얘기만 들어도 통쾌하다. 고마워'

'예라비와 션은 아네스 너에게 맡길께. 난 이제 며칠 있으면 돌아가.'

'언니 나 보러 꼭 다시 와야 해. 방학 때마다 기다릴꺼야.'

'그래, 아네스야…이제 메세지도 추적을 시작할지 몰라. 칼릴을 보니 너를 잡기 위해서 끝까지 갈 놈인 것 같아. 우리에게도 미행이 붙은 것 같아. 조심할께. 우리랑은 당분간 연락을 좀 자제하자. 가서 전화기를 빌릴 수 있으면 다른 번호로 전화 한 번 줘. 많이 많이 사랑하고 축복해…알라뷰…'

'난 아까 얘기한 곳으로 출발했어. 가서 어떤 삶을 시작해야 할 지 모르겠지만, 예수님이 인도해 주시리라 믿어. 매일 매일 기도할게. 나도 언니와 션 오빠 사랑하고, 많이 많이 고마워. 꼭 다시 만나'

버스는 티아란 섬이 속한 주를 지나 수도를 향하고 있다. 고속도로로 양쪽에는 푸르른 팜나무 농장이 끝없이 펼쳐졌다. 섬에서 점점 멀어지며 마음의 여유가 생겼다. 수도까지 앞으로 6시간.

가애의 편지를 열어 보았다.

원컨대 주께서 나에게 복에 복을 더하사 나의 지경을 넓히시고
주의 손으로 나를 도우사 나로 환난을 벗어나
근심이 없게 하옵소서 〈역대상 4:10〉

예쁜 편지지에 정성껏 눌러 쓴 글씨 하나 하나에 사랑이 느껴졌다. 봉투안에는 5000 예라비 돈이 들어있다. 1달 급여와 맞먹는 금액이다. 그들의 배려에 그쳤던 눈물이 다시 왈칵 쏟아진다.

띠리릭…다이아나가 보낸 메시지가 뜬다. 두려워 말고 담대하라는 축복의 말씀과 함께 링크를 하나 보내 주었다. 링크는 한 동영상 채널로 연결되었다. TheBidgeTV … 예라비 말로 번역된 잔잔한 찬양이 한 곡 흐른다. 이어지는 아나운서의 맨트는 마음을 편안하게 만들어 주었다.

'저는 예라비 사람이지만, 예수님을 만났어요. 지금은 해외에서 방송을 띄웁니다. 무슬림 형제, 자매들을 자극하려는 건 아니에요. 다만 제가 알게 된 진리를 함께 나누려 해요.

혹시 이 영상을 보시는 분 중에 예수님을 만나 주 안에서 형제 자매된 여러분이 계신가요? 오늘도 십자가의 다리를 건너고 있는 여러분을 축복합니다. 사랑합니다. 예라비에서 광야 같은 상황에 놓여 있는 것을 생생하게 상상합니다. 하지만, 여러분은 혼자가 아니에요. 우리가 당장 함께 모일 수는 없지만, 서로가 하나님 안에서 연결되어 있습니다. 우리는 함께 십자가 다리를 건너고 있어요. 힘든 분들이 많을 거에요. 그래도…우리 절망과 미움이 아니라, 사랑과 용서로 나아가요. 우리 가족들과 동족을 위해 같이 축복하며 기도해요. 언젠가 더 많은 사람들이 용기를 내어서 이 다리를 건널 수 있기를요. 우으리 마음으로 함께 해요…'

'우..으리'라는 단어를 독특한 억양으로 하는 외할아버지 지역의 사투리가 슬쩍 슬쩍 들렸다. 친근한 사투리 나레이션과 찬양을 들으며 새로운 출발을 하는 아네스는 눈을 감고 이 나라를 위해 기도했다.

거친 광야 같았던 지난 날들이 주마등처럼 스친다. 여전히 광야에 있지만, 이제 혼자가 아니다. 버스 옆자리에는 예수님이 앉아 계신다고 믿어졌다. 창 밖의 풍경에서도 그 분의 사랑이 느껴졌다. 버스의 붕붕 거리는 주행소음과 바람소리도 찬양처럼 느껴졌다. 아나운서의 소개와 함께 새로운 찬양이 나오며 아네스는 옅은 잠에 빠져든다. 하늘의 평안이 그녀를 감쌌다.

그의 옅은 꿈 속에 더 이상 바다괴물은 나타나지 않았다.

〈생명의 마중물〉

하나님 나를 안으시네 사람들 등 돌릴 때도
하나님 나를 지키시네 광야에 헤메일 때도

검은 머리 가린 천 위로붉은 태양 내리 쬐이고
오랜 눈물 닦고 하늘 향해 내 두 눈을 들 때

기적 같은 주의 음성 내 이름 불러주시네
주는 생명의 마중물 나의 그늘 되시네

주님께 돌아갑니다 내 구원 나의 생명
영원한 하늘 아버지 주를 예배합니다.

에필로그 / 작가의 말

저는 무슬림 형제, 자매들을 사랑하며 17년을 살았습니다. 앞으로 남은 삶도 그러려고 합니다.

이 원고를 마감하고 한가지가 마음에 걸렸습니다. 소설이기에 갈등을 만들고, 악역을 등장시켰습니다. 이야기 전개상 무슬림 악역을 만들 수밖에 없었습니다. 안 그래도 테러리스트, 극단주의자로 무슬림이 우리에게 확대 인식된 면이 있습니다. 그런데, 제가 그런 편견을 증폭시키는 것이 아닌지 걱정입니다. 제가 아는 대부분의 무슬림들은 좋은 이웃입니다. 이슬람이 가지고 있는 예수님에 대한 불신앙과 사회 구조적 문제가 있지만, 많은 무슬림들은 경건한 삶을 유지하고 있습니다. 무슬림에 대한 선입견을 깨기 위해 쓴 이 스토리가 또 다른 편견을 독자들에게 주지 않기를 소망합니다.

무슬림으로 태어났지만 예수님을 만난 아네스가 세계 곳곳에 있습니다. 저도 주안에서 또 하나의 가족이 된 아네스가 있습니다. 예수님을 영접하면서 그 인생에는 엄청난 변화가 일어났습니다. 구원의 은혜와 감격을 부어 주셨지만, 현실의 고난은 시작이었습니다. 가상의 이야기이지만 그녀를 생각하며 이 스토리를 썼습니다. 세계 곳곳의 수많은 아네스에게 일어나고 있는 일들을 엮어 썼습니다.

사실 이런 고난은 우리에게 낯설지 않을 수도 있습니다. 140년 전 조선과 닮아 있기 때문입니다. 전통과 종교로 견고했던 조선에서 복음과 선교사는 거부당했습니다. 회심자에게는 사회적 매장과 순교의 위험이 기다리고 있었습니다.

140년 전 일면식도 없는 조선을 찾아온 온 많은 서양 선교사들이 있었습니다. 비행기도 인터넷도 없던 시대에 미지의 땅 한반도로 찾아왔습니다. 그 선교사들은 우리의 조상들을 사랑했습니다. 그 사랑에 본인의, 배우자의, 자녀들의 죽음을 각오했습니다. 그들을 파송한 나라와 교회에서도 아들과 딸의, 친구의, 제자의 죽음을 받아들였습니다. 그런 값지불로 이 나라에 복음이 심겨졌습니다. 저와 여러분이 그 사랑의 열매입니다.

이제 우리의 차례입니다. 마지막 땅을 향해 중보기도의 물줄기를 부어야 합니다. 기도의 마중물을 붓고 나아가야 합니다.

아네스는 예수님을 만났지만, 이제 시작입니다.

학업, 직업, 연애, 결혼, 출산…모든 일상이 평범할 수 없을 것입니다. 상상할 수 없는 일들이 일어날 지도 모릅니다. 그 다음 이야기들을 계속 써 나가기를 원합니다.

천국을 향한 해피엔딩이 되겠지만, 이 땅에서는 핑크빛이 아니라 핏빛 이야기가 될지 모르겠습니다. 사랑하는 독자 여러분, 아네스가 결단한 삶을 함께 응원해 주세요.

감사를 드릴 분들이 너무 많습니다. 한편, 책을 마무리한 시점에 저에게 신장암이 발견되어 너무 많은 분들에게 심려를 끼쳤습니다. 내일 암수술을 하루 앞두고 이 감사의 글을 쓰게 되었습니다.

17년간 이슬람권 선교지에서 함께 해 준 아내, 딸, 아들에게 온 맘을 다해 특별한 사랑을 전합니다. 보안 문제로 실명을 쓸 수 없지만, 파송 교회와 소속 단체, 또 후원해 주는 회사와 교회, 목장, 중보기도자님께 깊은 감사를 드립니다.

척박한 이슬람권 선교지에서 묵묵히 사역하고 계신 동역자님들에게 존경과 연대의 마음을 전합니다. 우리 지치지 말고 포기하지 말아요.

박해와 위험 속에서도 예수님을 붙들고 계신 세계 곳곳의 아네스들을 힘 다해 축복합니다.

이들에게 다리가 되시고, 유일한 구원의 소망이 되시는 예수님을 찬양합니다. 삼위일체 하나님이 마지막 땅의 문을 활짝 여실 날을 믿음으로 선포합니다. 마라나타!!

초겨울 세브란스 병동에서

마중물 선교사가 드림

creativemissionnet@gmail.com